民国好食光

文艺范儿爆棚的
民国版美食心经

钟小萌 著

北京联合出版公司
Beijing United Publishing Co.,Ltd.

图书在版编目（CIP）数据

民国好食光 / 钟小萌著.--北京：北京联合出版公司，2016.11（2024.3重印）

ISBN 978-7-5502-8898-0

Ⅰ.①民… Ⅱ.①钟… Ⅲ.①散文集－中国－当代 Ⅳ.①I267

中国版本图书馆CIP数据核字（2016）第250622号

民国好食光

作　　者：钟小萌
出 品 人：赵红仕
出版统筹：朱文平
责任编辑：徐秀琴
特约编辑：汪　婷
特约监制：徐均成
封面设计：刘红刚
封面插画：熊　伟

北京联合出版公司出版
（北京市西城区德外大街83号楼9层　100088）
三河市天润建兴印务有限公司印刷　新华书店经销
字数 150千字　900毫米×1280毫米　1/32　6.5印张
2016年11月第1版　2024年3月第2次印刷
ISBN 978-7-5502-8898-0
定价：39.80元

Contents
目录

第一章
民国才女舌尖上的美丽与优雅

第二章
民国才子舌尖上的爱恋与情思

第三章

民国名伶舌尖上的温婉与动人

第四章

民国名士舌尖上的豪迈与威武

第一章

\

民国才女舌尖上的美丽与优雅

饮食！追求！——张爱玲的精致斑斓

【1】

因为一部《倾城之恋》，知道了张爱玲这个名字，并看到了一张她的照片。那时对张爱玲的最初印象，便是她头微仰着，手扶在腰际，眼尾淡淡扫过来，仿佛将这世间的一切都收入眼底，却又好像什么都无法入她的眼。也正是由于那张照片，才一直觉得她定是一个孤傲、清冷的女子，犹如活在这世间之外。

然而，当你注意到她身上所穿的那身衣服时，却又一定会与我一样，突然发现，原来这位孤傲的女子，也有这样可爱的一面。在旧时的人眼中过于色彩斑斓的配色，却颇得这位小资情调的小姐的喜爱。宝蓝配苹果绿，松花色配大红，葱绿配桃红的搭配，在当时的大上海社交圈中，是那般的与众不同，想让人忽视她都不太可能。

张爱玲曾说："对于不会说话的人，衣服是一种言语。"她的那些色彩斑斓，也许正是她心中对世界、对生命的美好渴望，正是她不同于其他人的言语。她说，"我既不是美女，又没有什么特点，不用这些来招摇，怎么引得起别人的注意？"她说，"我小时候没有好衣服穿，后来有一阵拼命穿得鲜艳，以致博得'奇装异服'的'美名'。"

也许是童年时期家庭的不幸，被双亲忽视，才造就了她这般外表看似孤冷、但内心却极度渴望美好与关注的性子。但无论这个世界如何冷待了年幼时期的张爱玲，不可否认的是，在大上海的灯红酒绿中，在古典与时髦的碰撞与交融中，她的"文学梦"还是一点点地萌发了。这座曾被她描绘成"新旧文化种种畸形产物的交流"的城市，孕育了她的智慧，让她对文学有了更深的渴望。

张爱玲在文学上的天分是众所周知的，作为她的一名忠实的文学追随者，在这里我暂不赘述她的文学天分；作为一名吃货，我反倒对于她文字中不经意间流露出的那些生活中的她的可爱的另一面比较感兴趣。

如果细读张爱玲的文章，就会发现在她的作品中，很多内容都与吃有关，这不得不让我相信，如果民国时期也有"吃货"这种说法，这位傲娇的张大小姐绝对会当仁不让，被人称为"吃货里的资深行家"。而更让我惊喜的是，她笔下的美食，全都五彩斑斓，有着自身的色彩，仿佛最伟大的画家用他们手中的画笔，为其点缀了最美丽的颜色般，让人只看上一眼，便深深地爱上。

这从她的一篇名为《谈吃与画饼充饥》的长文中就能看出来。在万余字的篇幅中，张爱玲对美食的追求与热爱几乎随处可见。

就连在如今日常生活中，随处可见的、再普通不过的大饼和油条，到了这位资深吃货张大才女的笔下，也变得美味了不少。她说：“大饼油条同吃，由于甜咸与质地厚韧脆薄的对照，与光吃烧饼味道大不相同，这是中国人自己发明的。有人把油条塞在烧饼里吃，但是油条压扁了就又稍差，因为它里面的空气也是不可少的成分之一。”看了这段形象的描写之后，你有没有想起今天早上吃的油条和豆腐脑？想来如果少了那些蕴藏其中的空气，再吃起油条来，难免会缺了那股子松脆可口的感觉。

张爱玲还曾给一些以前不知道名字的美食起名，例如，《谈吃与画饼充饥》一文中提到的另一种吃食——“蛤蟆酥”：

我母亲从前有亲戚带蛤蟆酥给她，总是非常高兴。那是一件半空心的脆饼，微甜，差不多有巴掌大，状近肥短的梯形，上面芝麻撒在苔绿底子上，绿阴阴的正是一只青蛙的印象派画像。那绿绒绒的就是海藻粉。想必是沿海省份的土产……

蛤蟆酥不过是因为外形长得像青蛙，便被张爱玲起了这样有趣的名字，其实并不是什么稀罕的吃食，不过是一种用海藻粉、面粉、油酥和芝麻等为原料，经过烘烤之后制成的香酥饼，这种食物在旧时苏州的大街小巷随处可见。

除了《谈吃与画饼充饥》之外，张爱玲还写过一篇名为《草炉饼》的文章，里面描写了一种放在炉子上烤的无油烧饼。

有一天我们房客的女佣买了一块，一角蛋糕似地搁在厨房桌上的花漆桌布上。一尺阔的大圆烙饼上切下来的，不过不是薄饼，有一寸多高，上面也许略洒了点芝麻。显然不是炒年糕一样在锅里炒的，不会是“炒炉饼”。

不知为何，读完上面的这段文字之后，我的脑海中最先闪现的是青稞饼与云片糕的结合体。酥脆可口的青稞饼搭配松软可口的云片糕，这样的全新尝试，不知道会不会吸引张爱玲这位资深的吃货来上一口。

说起云片糕，这是张爱玲的大爱。张爱玲的嘴很刁，但她却偏爱甜食，所以一向以香甜软润而闻名于世的云片糕，就入了这位张大小姐的眼。

云片糕又名雪片糕，外形为长方形，有整齐规则的棱角。云片糕原料繁多，工艺极为精细。主要原料有糯米、白糖、猪油、榄仁、芝麻、香料等，吃起来口感软润、清甜细腻。

云片糕是广东潮州人中秋拜月时的贡品之一，每年到了过节前夕，便是云片糕最畅销的时候，潮州人几乎家家户户都会买云片糕，不只因为美味，还因为它有“步步高升，求福吉祥”的含义，所以常用云片糕馈赠亲友，表达心意。

这小小的云片糕看似不起眼，却有着十分传奇的来历，它的名字可是大有来头。据传，当年乾隆下江南的时候，曾经来到淮安城西北的河下镇。应了当地一位姓汪的盐商的邀请，去他家赏雪，看着满园的雪景，乾隆诗意大发，于是吟道：“一片一片又一片，三片四片五六片，七片八片九十片……”嘴里说了半晌的“片儿片儿”，可这最后一句怎么也接不下去了。乾隆望着窗外的大雪，心中暗暗焦急。

好在这位盐商混迹商场多年，也是一位懂得察言观色的主儿，看到这里又怎会不知面前这位九五之尊要下不来台，所以马上端上来一盘茶点请皇上品尝，也算是给他留出想下句的缓冲时间。

乾隆也不客气，拿起面前的白色糕点吃了起来，入口松软、清甜可口，吃后齿颊生香，遂忍不住大加赞美。得知这糕点乃主人家祖传的小食，尚未命名，乾隆想到这糕点的色彩、形状，就如同外面飞舞的薄薄的雪片，于是为其赐名为“雪片糕”。结果不曾想，在挥笔题名的时候，乾隆高兴得竟然笔下大意，将“雪片糕”写成了“云片糕”。

不过，我倒觉得这未必是乾隆的笔误，是有意为之也未可知。单从两个名字上来看，“雪片糕”未免有些朴实，反倒是“云片糕”读起来更加有趣，也更为生动。远处看起来，仿佛一朵飘扬在空中的白云，松松软软，意境生动。

而这生动又梦幻的小点心，经常会出现在少时张爱玲的梦中，每每梦到，总要念上几回。只不过后来她却说“吃着吃着却变成了纸，除了涩，还感到一种难堪的怅惘”。也许这句话是她对当时生活的一种感悟，由最初的甜蜜温馨，到了最后的苦涩孤独。

生活也是这样，无论是先甜后苦，还是先苦后甜，总要努力地过着属于自己的人生，痛苦可以将你的生活打磨成薄薄的一片云片糕，却也能给你一条可以通往美好的幸福之路。用现在比较流行的话来说：只要在路上，就没有到不了的远方；只要你坚强，总有一天，你会活成自己渴望的模样。

【2】

张爱玲对美食的追求，体现在她文章中的方方面面，她曾说：“报刊上谈吃的文字很多，也从来不嫌多。中国人好吃，我觉得是值得骄傲的，因为是一种最基本的生活艺术。”这一点都没有说错，对于普通人来说，吃或许只是为了生存，对于吃货来说，吃是为了享受，但对于像张爱玲这般，将吃货与作家融为一体，能够在美食与文字之间切换自如，将心头的感想随喜倾洒于笔下的人来说，吃是艺术，它不但是一种享受，而且也是一种分享。

不然，我不会由最初对鸭舌的抵触，到如今演变为对它的深爱，这一切，只因为看了张爱玲那段对鸭舌的描写。张爱玲对鸭舌的描写，可谓色香味俱全，传神至极：

小时候在天津常吃鸭舌小萝卜汤，学会了咬住鸭舌头根上的一只小扁骨头，往外一抽抽出来，像拔鞋拔。与豆大的鸭脑子比起来，鸭子真是长舌妇，怪不得它们人矮声高，“咖咖咖咖”叫得那么响。汤里的鸭舌头淡白色，非常清腴嫩滑……

当初看过这段描写之后，带着好奇心，又带着一些抵触的心理，我和闺蜜一起买了一份鸭头，特意按照张爱玲的那种吃法，咬住鸭舌头根上的一只小扁骨，然后往外一抽……这种吃法，果然有趣。

而鸭舌的滋味，也确实如张爱玲所描写的那般“清腴嫩滑”，吃起来很像甜蜜爱侣之间的接吻，其中的美妙之处，只有亲身体会过才能知晓。

除了鸭舌之外，张爱玲还比较喜欢烧鸭汤，这种汤，汤清而味鲜。除了味道符合她的口味之外，就连在烧鸭赭黄色的皱皮上，毛孔放大之后，鸡皮疙瘩突出所形成的小方块图案，也甚得她的喜欢。

在吃上面，张爱玲向来有自己的独到见解，无论是美妙如接吻的鸭舌，还是有趣如方块的鸭皮疙瘩，张爱玲总能找到说服你爱上美食的理由。

这不禁又让我想起了张爱玲在她的小说《沉香屑·第一炉香》中所说的一段话，“如果湘粤一带深目削颊的美人是糖醋排骨，上海女人就是粉蒸肉……”这里所谓的“糖醋排骨”，大抵是指骨感，而“粉蒸肉”，则意在说酥软、粉嫩。

粉蒸肉又名米粉肉、面面肉，是广泛流行于中国南方地区的汉族传统名菜。早在清代袁枚的《随园食单》中，就曾有对它的记录，“用精肥参半之肉，炒米粉黄色，拌面酱蒸之，下用白菜作垫，熟时不但肉美，菜亦美。以不见水，故味独全。”这段话不仅记录了粉蒸肉的做法，同时还交待了菜色的独特与鲜美。

粉蒸肉的主要原料为带皮的五花肉和米粉，外加一些简单的调味料，做起来倒是不复杂。猪肉沥干水分，放入酱油、甜面酱、料酒、姜末、糖、葱、姜等调料腌渍入味，将桂皮、丁香、八角等物与稻米一同炒至黄色之后，晾干、磨成粉状，然后放在一起，蒸几个小时即可食用。粉蒸肉糯而清香，酥而爽口，红白相间，肥瘦皆有，令人回味无穷。

在张爱玲的小说中，曾多次出现过粉蒸肉，可见她对这道美味的念念不忘。《心经》中就曾描写过这样一段情节，许太太对老妈子说："开饭吧，就我和小姐两个人。桌子上的荷叶粉蒸肉用不着给老父留着了，我们先吃。"

荷叶粉蒸肉也属于粉蒸肉的一种，属于浙江宁波的一道汉族名菜。说起这荷叶粉蒸肉，却是比单纯的粉蒸肉更多了一些功效。荷叶的清香，不仅可以恰到好处地消减肥肉中的油腻之感，还可以清热解毒，更加妙不可言。

可见，这粉蒸肉确实是不错的美味，因而才能让许多名人争相将其记录在自己的文章中。

张爱玲笔下的美食，无论是精致如云片糕的雪白，酥脆如蛤蟆酥的茵绿，还是美味如粉蒸肉的红白相间，都带着独属于自己的斑斓色彩，但这些若与张爱玲笔下的苋菜相比，却要逊色许多。

关于苋菜，张爱玲的描写实在让人叹服，她说在上海和母亲同住的时候，经常去对街的舅舅家吃饭，每次去，母亲都会带着一份清炒的新鲜苋菜。吃过苋菜的人都应了解，苋菜炒后，流出的汁液为血红色，吃上一口，口中嚼出来的汁液也都血红，因此还有一句上海俗语："口里说出血，还当是苋菜水。"恰到好处地比喻了苋菜水鲜红如血的特征。

张爱玲曾在自己的文章中，形象地将她端着苋菜过街的场景记录了下来：

苋菜上市的季节，我总是捧一碗乌油油紫红夹墨绿丝的苋菜，里面一颗颗肥白的蒜瓣被染成浅粉红。在天光下过街，像捧着一盆常见的不知名的夕阳盆栽。小粉红花，斑斑点点暗红苔绿相同的锯齿边大尖叶子，朱翠离披。不过这花不香，没有热乎乎的苋菜香。

紫红夹着墨绿，再撒上一颗颗肥白，多么色彩斑斓的一幅画面，彷如张爱玲喜欢的旗袍的色彩一般绚丽夺目。

饮食与追求，无非是在平淡生活中为自己寻一点情趣罢了。无论这食物是普通的萝卜白菜，还是山珍海味，只要能够找到让你满意的那一口，那便是属于你自己最好的斑斓美味。

豆腐！养生！——吕碧城的素食主义

【1】

俄国伟大的作家托尔斯泰曾说："如果你已决定吃素，那就不要因身边亲友的攻击、指责或嘲笑而改变主意。若人人皆可吃肉，吃肉并不算什么，肉食主义者也就不致攻击素食主义者了。肉食主义者其实内心里是不安的……但他们始终没有能力让自己脱离这种罪过。"

提到素食主义者，除了会首先想到信奉佛教的佛家弟子之外，我的脑海中还出现了一个名字，她就是中国第一位动物保护主义者——吕碧城。

吕碧城的一生，充满了传奇的色彩，她是"民国四大才女"之一，也有人称她为"民国第一才女"，她是近三百年来最后一位女词人，她与秋瑾并称为"女子双侠"，她是中国新闻史上第一位女编辑，是中国第一位女性撰稿人。她的身上，有很多的"第一"，无不让人歆羡。当然，每个人都有属于自己的独特人生，有独属于自己的一份不为人知的悲哀。作为民国才女，吕碧城也曾有过婚约，却终生未嫁，最后甚至出家为尼，从此青灯古佛一辈子。

和大多数的素食主义者一样，吕碧城的素食主义并不是天生的，同样是受到了后天的环境影响才逐渐改变的。可想而知，这个过程并不容易，除了要面对身边的诱惑之外，自身还要有足够坚定的意志和信念，才能坚持下去。

在上海生活的那段时间里，吕碧城曾经亲眼看见猎人将一只可爱的兔子打倒，而那只兔子倒地之时，口中还在不停地往外吐血，她因而心中分外不忍；小时候，家乡每逢年节，也总会有宰杀牛羊的时候，每每看到，她都会觉得人们愧对了生命。

同样生存在这个世间，没有谁可以轻而易举地夺走其他物种的生命，即使是人类，也不应该自诩为上帝，将这种痛苦加诸在动物身上。

她参透了这些道理，从此决定改吃素食。

之后，便是一世。

吕碧城的家乡在安徽旌德县，这是一处有着秀美的山川，东临苏浙沪、北枕皖江的地方。这里独特的钟灵毓秀孕育出了众多名人，而吕碧城就出生在这样环境优美、人文荟萃的地方，她从小就表现出了独特的诗词天赋。

年纪轻轻，就写出了令清政府十分恼火的《百字令》，讽刺清政府的无能，直指慈禧祸国殃民，死后羞于见吕后和武则天的事迹，“排云深处，写婵娟一幅，翠衣轻羽。禁得兴亡千古恨，剑样英英眉妩。屏蔽边疆，京垓金币，纤手轻输去。游魂地下，羞逢汉雉唐鹉。”足见这位年轻女子的勇气与胆量。所以，她能意志坚定地走上素食主义的道路，就很容易理解了。

终生的素食主义，并没有成为吕碧城的负担，相反，还让她养成了注意养生的好习惯。

在吕碧城的故乡旌德，有一种十分著名的美食——八公山豆腐排，这也是吕碧城最喜欢的菜品之一。

听身边一位吃过正宗的八公山豆腐的朋友说，确实非常好吃。她的嘴一向很刁，能够得到她的赞美，想来这八公山的豆腐真的不是徒有虚名。

而八公山豆腐之所以能够闻名于世，除了它历史悠久、做工精细、品质优良之外，最不能让人忽视的是，它在制作时采用了与众不同的八公山泉水。八公山的山泉水清冽甘甜、滴滴清澈，由八公山的山泉水制作出来的豆腐，晶莹剔透、嫩若凝脂、口感滑嫩，乃豆腐中之上品。

在寒冷的冬日，一家人围坐在一起，架起一口火锅，涮上一锅美味的八公山豆腐排，想来也是不错的选择。不仅可以驱走寒冷，还能享受美味。不知道当年的吕碧城是否曾和家人一起吃过八公山豆腐火锅。

豆制品是不错的养生食品，而所有的豆制品，几乎都是由大豆经过加工之后转化而成。大豆中含有丰富的营养物质，如蛋白质、氨基酸等，而且还含有一定量的钙、铁、磷等微量元素和维生素B_1、维生素B_2。

在我国，利用大豆加工豆制品的历史已经有几千年，如今我们常见的豆制品主要包括豆腐、豆干、豆皮、豆豉、腐乳、酱油、豆芽，等等。其中，豆芽可以通过简单烹饪，就能变成一道营养丰富的美味素菜。

当年，21岁的吕碧城只身来到天津之后，日常除了凭借在《大公报》上发表文章赚取一些稿酬之外，没有其他经济来源。为了维持生活，吕碧城不得不省吃俭用，所以她的日常饮食，通常以相对廉价的豆制品为主。在吕碧城的住所附近有一家豆腐铺子，她便成了那里的常客，几乎每天都会去买一些豆腐带回家，或是简单烹饪或是直接食用。

有时候因为忙于写作，没有时间外出，吕碧城便会简单地做一盘清炒绿豆芽。绿豆芽中含有丰富的维生素C，对人体有很多好处，不仅可以清除血管中堆积的脂肪和多余的胆固醇，防止心血管疾病的发生，还能治疗坏血病。不仅如此，豆芽中含有的核黄素，对患有口腔溃疡的人也很有帮助。另外，豆芽的热量很低，而水分和纤维素的含量比较高，经常食用豆芽，可以达到减肥的效果。这对于“久坐族”，尤其是缺乏锻炼的编辑、作者们来说，绝对是一个大大的福音。

中医认为，绿豆芽性凉、味甘无毒，能够解暑热，调五脏、解毒，有利尿祛湿的功效，在炎热的夏日，为了避免中暑，可以多吃一些绿豆芽；在饮酒过度时，也可以煮食一些含有绿豆芽的醒酒汤。

我个人很喜欢吃绿豆芽，觉得清炒绿豆芽的口感十分不错，酥酥脆脆的，嚼在口中时，可以清楚地感觉到，声音通过牙齿的咀嚼，直接传到耳鼓，再到大脑，那“嘎嘎”的脆响，美妙极了。而且，绿豆芽对身体很有好处，这就又为吃货的我找到了一个能够多吃一种美食的借口了，何乐而不为呢？

【2】

在早期的吕碧城心中，除了八公山的豆腐排、因生活所迫而长期与之为伴的豆制品之外，最让她念念不忘的，应该是饭桌上的那碗热气腾腾的萝卜了。

吕碧城原本是富贵人家的小姐，她的父亲吕凤岐是光绪进士，但在她12岁那年突然离世，由于家中只有四位姐妹，并无男子，族人便以“后继无人”之名来谋夺她家的财产。但这样的事情并没有将这位一身傲骨、聪明勇敢的小女孩吓倒，反倒将她的意志磨砺得越发坚强。她通过自己的努力，联系父亲当时的朋友和学生，终于在众人的帮助下，夺回了本属于自己家的一切。

虽然旌德的冬天很冷，但吕碧城的心却是充满热度的，无论外面有着怎样的艰难困苦，她都时刻提醒自己，不能就此倒下去。也就是凭着这股子冲劲和坚持不懈的毅力，她才一步一步走出了属于自己的广阔天地。而她精神上的那股热度，就和饭桌上正冒着腾腾热气的萝卜一样，虽然质朴，却耀眼炫目，让人只望上一眼，便一辈子忘不掉。

和豆制品相似，萝卜这种食材也十分常见，几乎每家每户都可以吃到，尤其是在寒冷的冬日里，喝上一碗萝卜汤，既温暖了心，也温暖了胃。

萝卜中含有丰富的蛋白质以及糖类、维生素等，还含有很多人体所必需的微量元素，可以清热化痰，促进人体的新陈代谢。在中医养生中还提到，多食用萝卜不仅可以降低血脂，还可以软化血管，甚至有凉血、止血的功效。

别看一碗萝卜不起眼，却有着很多的作用。更重要的是，如果手艺过关，还能做出很多美味的菜品。比如红烧萝卜、酱萝卜、萝卜丸子，等等。如果经济条件允许，还可以买来一些牛腩肉，将萝卜切成块，做上一锅萝卜炖牛腩。等这一锅熟了之后，掀开锅盖的那一刻，萝卜的清新加上牛腩的鲜美滑腻，光是想象，就已经足够流口水了。而且牛腩性温，本身吃多了上火，而白萝卜则性偏寒，两者放在一起，恰好中和了寒热，多吃也不用担心身体会难受。真可谓“萝卜配牛腩，天生是一对”啊！

关于萝卜，民间还有“冬吃萝卜夏吃姜，不需医生开处方”的谚语，在医书中则说，冬日时，身体中的阳气在里，胃中易燥热，此时吃一些萝卜恰好可以清除燥热。也许就是因为这个原因，颇注意养生的吕碧城很喜欢在寒冷的冬日里，吃上一碗热气腾腾的萝卜菜。

【3】

1930年，对生活有着独特感悟的吕碧城，终于结束了她的凡俗之旅，正式皈依三宝，成为在家居士。而这一举动，无疑更加确定了她今后的美食字典里，将只有“素食”二字。

纵观吕碧城的素食单，发现她最钟爱的一道菜，竟然是清炒白菜。其实，这并不难理解，本身白菜的味道就很不错，再加上它自身的营养价值，更是令众多素食者对其青睐有加。

白菜是中国原产蔬菜，有悠久的栽培历史。据考证，在中国新石器时期的西安半坡原始村落遗址发现的白菜籽距今约有六千年至七千年。宋代的苏颂说："扬州一种菘，叶圆而大……啖之无渣，绝胜他土者，此所谓白菜。"明代的李时珍则引用陆佃的《埤雅》说："菘，凌冬晚凋，四时常见，有松之操，故曰菘，今俗谓之白菜。"

不知道在其他地方是否有这样一种说法，反正我从小就总听身边的老人说"白菜是百菜之王，能治百病"，长大了之后，虽然知道那些话多少有些夸张，但不得不承认，还是很有道理的。

白菜本身含有丰富的维生素C、维生素E、糖类、脂肪、蛋白质、纤维素、钙、铁、磷、胡萝卜素等。其中所含的维生素C和核黄素更是比苹果、梨分别高出了5倍和4倍，而微量元素锌又比普通的肉类含量高。总之，白菜中所含有的对人体有益的营养成分，要比大多数的水果、蔬菜、肉类都高很多。

食用白菜，不仅可以增强身体的免疫力，还能预防和治疗很多种疾病。白菜能起到润肠和促进排毒的作用，这是因为纤维素能够刺激肠胃蠕动，帮助消化，加速了粪便排出体外的过程，从而减轻肝肾的负担。而且，据说在白菜中，还含有能够预防肿瘤的成分。由于白菜中含有大量的水分，所以多食用还可以起到保湿护肤、美容养颜的功效，尤其在秋冬季节，空气中的水分含量降低，皮肤也随之变得干燥，寒风对皮肤的伤害会很大。所以，多吃白菜对身体大有好处。

白菜的做法有很多种，算是"百搭"了，它可以和很多食物搭配，烹饪出各色营养美味的菜肴。这里介绍一种既简单又常见，且味道不错的。在东北，每到冬天时，几乎每家的餐桌上都曾出现过一道"白菜炖土豆"，这道菜做法实在太简单，只需要将白菜和土豆一同下锅，加入调味料和水，盖上锅盖熬一会儿即可。虽然做法简单，但味道却鲜美可口。

与张爱玲所追求的小资情调不同，吕碧城一生所追求的美味，都是那般的普通。她的美食概念源于生活、泯于生活，并没有什么精致典雅，也没有刻意追求色香味俱全，却又能够在普通中见到独属于她的养生趣味。

零食！奢侈！——陆小曼的风花雪月

【1】

很多年前，因为一首《再别康桥》而“结识”徐志摩，从此便被那个多情，却又有些绝情的男子吸引住了目光。于是每逢节假日，我便会徘徊在图书馆中，遍寻有关他的诗文，他的故事，乃至他的一切……也就是那时，知道了他失败婚姻中的小脚女性张幼仪，知道了他心中的女神林徽因，知道了他最爱的妻子陆小曼。

对张幼仪，我是打从心底里敬佩的。虽然她是包办婚姻下的牺牲品，是被那位多情却又无情的诗人伤害的女子，但她后半生毕竟活得成功，凭着自己的努力，活出了属于自己的精彩。她，值得每一位女性学习与尊敬。

对林徽因，我是赞同而又喜欢的。无论是在面对爱情、婚姻还是现实时，她的选择都是最明智的，因为她深知，浪漫的诗人，无法给她现实的生活，所以她毅然选择离开，投入了未婚夫梁思成的怀抱。而她也用后半生来向世人证明，她的选择是正确的。

对陆小曼，我对她的感情，却始终处在一种矛盾之中。无论怎样去评价她，似乎那都不是最真实的她。她活得恣意潇洒，却又备受谴责；她追求浪漫爱情，最后却又落得半世孤独……

就像胡适说的那般，“陆小曼是一道不可不看的风景。”无论我们从哪个角度去观赏，总能发现她身上所散发出来的独特的美，即使是在日常的吃食上，她所追求的也是那般与众不同，那般地让人惊叹。

如果说张爱玲是不折不扣的资深吃货，那么陆小曼就更是一个在吃的道路上“一条道走到黑”的勇敢前进者。她不仅喜欢吃，而且奋力吃，甚至吃得勇猛，吃得让人只看上一眼，就觉得同样有了食欲。

徐志摩喜欢看陆小曼吃，单单是看着她在面前吃，就觉得心中欢喜，仿佛在看着自己的孩子吃东西一般。可见他对陆小曼是十分宠溺的。

只不过，陆小曼最喜欢吃的是零食，而不是正餐。也许是小时候的生活习惯所致，陆小曼在年轻的时候，就不喜欢吃正餐，所以这也正好给了她以零食果腹的借口。据说，只要她的手里一会儿没有东西了，或者口中没有嚼着什么吃食，她就会浑身觉得不舒服，甚至坐立不安。

徐志摩曾说陆小曼：“你一天就是吃，从起身到上床，到合眼，就是吃。”

在这点上，即使是张爱玲那么爱吃的人，恐怕在这位陆小姐的面前，也要自叹不如了。

陆小曼的零食单可谓名目繁多，可以说囊括了当时能够在市面上看到的各种各样的水果和干果、甜点——从苹果、橘子、香蕉、石榴，到花生、话梅、蜜枣、蛋糕等，甚至还包括在当时只有一些西洋人才喜欢的炸薯条。

1920~1922年，那几年时间里，陆小曼除了在圣心学堂正常上课之外，还在北洋政府的外交部担任外交翻译的工作。外交、外交，很显然在对外交流接待的时候，免不了就会涉及吃。

而那时候的吃，肯定不能是随随便便地到一个小饭店去，毕竟他们身上肩负着接待外宾的使命，而这整个接待过程，都代表着一个国家的体面。按照当时的情况，吃住大多选择的是六国饭店和北京饭店。

六国饭店是1900年由英国人建造的。1905年，推倒再建为四层，由于是英、法、美、德、日、俄六国合资，所以取名为六国饭店。饭店里包括餐饮、住宿和娱乐，主要接待各国的公使、官员和一些上层人士，所以，这里有很不错的西餐。而陆小曼对西餐的爱好，也就是从这个时候开始的。

她特别喜欢吃炸薯条，当时，炸薯条在中国并不普遍，所以也算是一种稀罕吃食。但说起来，炸薯条的做法并不复杂，我自己也曾在网上找过相关做法，并在闲暇时做了几次，很简单。

只需要将土豆切成半厘米厚的方块形长条，然后放入锅中煮3分钟左右，捞出后沥干水分，放入冰箱中冷冻。等到想吃的时候，就可以先在锅中放入油，烧至8成热，再将已经冻好的土豆条放入锅中，炸至金黄色捞出，即可沾一些番茄酱食用，味道和在快餐店中吃的没什么不同。

不过有一点需要注意，虽然炸薯条很好吃，但是千万不要吃太多，毕竟油炸食品容易发胖，而且还容易导致癌症。和吕碧城吃得养生、吃得健康不同，陆小曼的这个喜好，就有些伤害身体了。

对于现代人来说，吃一次炸薯条是再寻常不过的事情，但在民国时期，偏爱吃炸薯条的陆小曼，可谓走在时代潮流的前端。正如她本人一样，总是穿梭于民国上流社会中的各个交际场合，享受着他人从未享受过的待遇。

陆小曼喜欢的另一种西餐是“夹肉面包”。夹肉面包，也就是我们现在常说的三明治。在两块薄片面包中间，加上一些肉片、奶酪以及各种美味的调料。中间放的肉的种类，可以根据自己的口味进行调整，有的人喜欢加牛肉，有的人喜欢放羊肉或猪肉，总之，根据不同人的喜好，能够享受到不同的味道，算是一种比较简单的吃食。

在《爱眉小札》中有这样一段记载，“眉，你真是孩子，你知道你的情感的转向来得多快；一会儿气得话都说不出，一会儿又嚷嚷吃面包夹肉了。”足见陆小曼确实很喜欢这种洋面包的吃法。

陆小曼还有一个让人瞠目结舌却又无法置喙的爱好——喝奶。

有人说了，喝奶有什么好奇怪的，我今天早上还喝了奶呢。是的，喝奶本身没有什么奇怪的，但大部分人所喝的都是牛奶，再有一些人或许还喝羊奶，而陆小曼所喝的，则是人奶，和刚出生的婴儿一般。

陆小曼虽然是江苏常州人，但她生活的大部分时间却是在北京和上海，而这两个地方，在当时都是比较发达的，尤其上海，更是走在了时代潮流的尖端。而作为时代先行者的陆小曼，很早就已经接受了西方思想，所以喝牛奶、吃洋面包这对她来说，在很多年以前就已经是再寻常不过的事情。

后来，听说人奶比牛奶更加营养和健康，她将牛奶淘汰，毅然选择了人奶。

在和徐志摩结婚之后，由于陆小曼的特殊癖好，徐志摩只好在家里请了奶妈，专门给陆小曼准备新鲜的人奶。那时候的徐志摩是大学教授，工资很高，大概每个月有1000块的收入，相当于现在的人民币5万～8万，但是由于家里供养着奶妈和一些仆役，再加上陆小曼爱好交际、出手阔绰，徐家的生活过得很拮据。

但由于徐志摩对陆小曼的爱，使得他心甘情愿地迁就着陆小曼的一切，包括她的小性子，包括她的爱好甚至是癖好。

关于陆小曼喜好喝人奶的事情，就连后来的翁瑞午也是默默支持的，甚至在徐志摩去世之后，翁瑞午还肩负起了照顾陆小曼、帮忙找奶妈给她的担子。

据翁瑞午的女儿翁香光回忆，有一次她到陆小曼的家里去，看到了一位奶妈，当时觉得有些奇怪，心里想着，陆小曼家并没有婴儿，怎么会有奶妈？后来她才想明白，陆小曼是不喝牛奶，而是喝人奶的。

看到这里，一定有很多人张着嘴巴，不能理解为什么会有人喜欢喝人奶，这完全让人无法理解。但在陆小曼的眼中，这又有什么好奇怪的呢？她本身就是一个想做什么就做什么、想怎样做就怎样做、喜欢什么或者讨厌什么，都是那样随心又随性的人。人活在这个世上，为的就是潇洒自在，何必太过在乎他人的眼光？

从这点上来说，陆小曼和林徽因是不同的两类人，她们二人从小的生活环境不同，造就了她们不同的性格。

陆小曼是家中的独女，从小就受尽父母的宠爱，从没有受过一点的委屈，所以这也养出了她大小姐的脾气，想怎样就怎样，因为家中没有人会对她苛待一点。以至于在和徐志摩结婚后，她甚至不懂得柴米油盐的婚后生活该怎么经营，更不明白真正的生活，应该在该节俭时要节俭。这一点，可以从徐志摩的高收入水平却依然过着捉襟见肘的日子就能看出来。

而林徽因则不同，她虽然也是富贵人家的小姐，但她的母亲对她的影响非常深刻，母亲那种每天过着没有未来、活在痛苦中的生活，给童年的她留下了深刻的印象。所以林徽因更明白，美满的婚姻和生活的现实都是何等的重要。因此，当年她在离开英国、离开徐志摩的时候，才会走得那般决绝，而在嫁给梁思成之前，又提出了她对建筑梦想的追求。甚至更是在多年后，说出那句“徐志摩当初爱的并不是真正的我，而是他用诗人的浪漫情绪想象出来的林徽因，而事实上我并不是那样的人”。

但无论她们二人之间有多少不同的地方，她们有一点是相同的，那就是在二人的身边，始终都有着许多蓝颜知己，而她们的故事，也一直为后人津津乐道。

徐志摩为了追求林徽因，休掉了自己的原配妻子张幼仪，却没想到，林徽因最后还是嫁给了他老师的孩子梁思成。就在这时候，他遇到了好友王赓的妻子陆小曼，两个人最终坠入了爱河。这段感情虽然不能得到众人的支持与祝福，但他们二人却也曾一度过得非常幸福。

【2】

陆小曼喜欢吃零食这件事情，在一定程度上是出了名的。陆小曼花在吃上的钱不少，但对于吃，她并不是都如看待人奶那般讲究营养，她只是单纯地爱吃、好吃，就好像一个简单的吃货，可以通过吃东西来获得快乐一样。

在家中没有水果的时候，即使是一盘再普通不过的花生米，也可以让她敞开怀吃上小半天；在逛街的时候，看到了路边摊上的烤红薯、冰糖葫芦，她也会毫不犹豫地走过去买上一份，也许只是因为烤红薯的香味太过诱人，也许就是想吃冰糖葫芦了。一切都是那么简单，那么随性。

徐志摩喜欢看陆小曼吃，因为陆小曼的吃相很是有趣，就比如陆小曼在吃石榴的时候，并不是像普通人一样，将石榴剥开，然后一点一点慢慢吃，她是先用刀去奋力地砍，如果砍开了之后并不满意，就会随手抛弃，有时候徐志摩看到了，也只能替石榴抱怨一下。为此，徐志摩还曾做了一首古体的散文诗，其中就将这个场景巧妙地记录了下来，“榴子渐戋，色亦渐衰。眉持刀奋切，无当意者，则弃置弗食。然此时令为之，榴实无咎。”

可见陆小曼在吃石榴的时候，确实是蛮奋力和可爱的。

但如果你以为陆小曼的吃食除了人奶有些特别，其余也不过如此，那你就错了。陆小曼还有一种独特的“美食”。作为一名“瘾君子”，她最爱的“美食”，应该就是鸦片烟了。

陆小曼曾向王映霞解释过自己抽鸦片的原因，她说：“我是多愁善病的人，患有心脏病和严重的神经衰弱，一天总有小半天或大半天不舒服，不是这里痛，就是那里痒，有时竟会昏迷过去，不省人事。……喝人参汤，没有用，吃补品，没有用。瑞午劝我吸几口鸦片烟，说来真神奇，吸上几口就精神抖擞，百病全消。”这样算起来，陆小曼会成为瘾君子，却是应追究于翁瑞午。

纵使后来翁瑞午对陆小曼有着千般迁就，但在让陆小曼染上烟瘾这件事情上，翁瑞午做得大错特错。当年的他究竟是怀着怎样的心情，将陆小曼带上这条不归路的，我们不得而知，也许他只是想要缓解陆小曼心中的愁苦和身体上的疼痛，也许他是在明知道鸦片对陆小曼有害的情况下，为了接近陆小曼而故意引诱她，但无论是什么原因，我们只知道，鸦片烟上瘾的陆小曼，经常会和翁瑞午同榻而眠，虽然徐志摩说，他一点都不在乎这件事，“只要陆小曼和翁先生是一起躺在烟榻上吸他们的鸦片，就不会出什么坏事”“他们是互相为伴”，但翁瑞午这样做终究是害了陆小曼……

而在张幼仪的《小脚与西服》中，就有一段徐母向她抱怨此事的描写，里面清楚地记录了陆小曼和翁瑞午二人，在徐志摩和陆小曼的家里吞云吐雾的场景，“陆小曼跟翁先生一定一整个晚上都在抽鸦片烟，因为我今天早上，我发现他们三人全都卷在烟榻上：翁先生和陆小曼躺得横七竖八，徐志摩卧在陆小曼另一边，地方小得差点摔到榻下面。”

吸食鸦片虽然能减轻身体上的疼痛，给陆小曼带来一时的解脱，但同时也给她带来了严重的后遗症，使她患上了肺气肿和哮喘。1965年4月3日，陆小曼因病医治无效，于上海华东医院逝世，享年63岁。

虽然陆小曼风光了半世，传奇了一生，但她死后却略显凄凉。在遗体追悼会上，仅有好友王一令的一副挽联：“推心唯赤城，人世常留遗惠在；出笔多高致，一生半累烟云中。”然而，多年以后，当走在上海的街头，还是会有很多人忆起那位曾经红遍上海滩的民国名媛，她的美艳潇洒的传奇人生。

面食！漂泊！——萧红的黄金时代

【1】

萧红说："我一生最大的痛苦和不幸，都是因为我是一个女人。"

半世颠簸与流离。生命对于萧红来说，仿佛是一册写满了残酷与苦难的书卷，让她连片刻喘息的时间都没有。从19岁至生命结束的最后一刻，萧红都在外漂泊，从没有在一座城市生活超过一年的时间。

漂泊，似乎成了她人生的主旋律。

萧红的一生，承受了太多的悲凉与不幸，如同随风飘散的蒲公英，只能任由风吹向远方，却没有半点选择幸福与停留的权利。如果真的有来生，只希望她能够获得更多的安详。

最初知道萧红这个名字，是因为一位朋友，那时候，我还在琼瑶的爱情小说里哭得昏天黑地，而她却已经在《呼兰河传》里追随着这位文学洛神的脚步。

我与她相差的就是这样的一个黄金时代。

每次两个人聊天时，总觉得自己落下了一大截，于是我下定决心奋起直追，之后也买了几本有关萧红的书籍。后来才知道，她的生命虽然短暂，却与纳兰容若一般，用短短的一生，抒写了一段传奇。

呼兰，一座在中国地图上甚至找不到它存在痕迹的小城，坐落于中国最北部黑龙江省境内，这里四季如冬，年平均气温只有3.3摄氏度，因为松花江支流呼兰河流经该地而得名。

1911年6月，萧红就出生在这座毫不起眼的小城里。萧红，原名张秀环，后来又改为张廼莹，她是“民国四大才女”之一，被誉为“20世纪30年代的文学洛神”。

萧红的一生只有短短的31年光景，如果将她的一生划分为两个部分，那么在她19岁逃离家乡去北平以前，她的生活还算是顺遂的，至少她生活在一个相对富裕的家庭里，过着吃穿不愁的生活。而且，她还有一位十分疼爱她的祖父，这使得她能够按照既定的生活轨迹成长、读书。

如果能够一直这样生活下去，或许萧红会成为一位普通的妇人，生下三两个孩子，和丈夫过一辈子平平淡淡的生活。这对于那个年代的女子来说，或许是再好不过的选择，但对这个世界，对整个文学界来说，却损失了一位“洛神”。

所以，萧红注定会成为萧红，她终究会走上上天为她选择的另一条更为坎坷、却也更加激荡的人生之路。她终究会成为被后人仰视的民国才女。

相对于后半生的颠沛流离来说，萧红前半生的幸福光阴就显得尤为珍贵。因此，童年的幸福回忆几乎陪伴着萧红走完她后来的整个人生。记忆里的呼兰小城，那里有着疼爱她的祖父，有她最喜欢的后花园，还有那熟悉的黏糕味道……

萧红在《呼兰河传》中写了很多有关吃的内容，其中包括凉拌粉皮、天星星、黄瓜丝、蘑菇炒粉、烤鸭、拌豆腐等，还提到了黏糕：

黄米黏糕，撒上大云豆。一层黄，一层红，黄的金黄，红的通红。三个铜板一条，两个铜板一片的用刀切着卖。愿意加红糖的有红糖，愿意加白糖的有白糖。

虽然这段描写并没有直接言明萧红有多么喜爱黏糕，但我们却能够从字里行间感受到，萧红对这童年的美味念念不忘，不然，她又怎么会对黏糕的价钱都记得这般清晰？

黏糕色泽光亮、味道甜香，在上面撒上一些糖粉，咬一口软软滑滑的，仿佛整颗心都跟着柔软了起来。萧红的祖父和妈妈也很喜欢黏糕，《呼兰河传》中萧红说，每次冯歪嘴子推着单车在街上走的时候，“母亲有时让老厨子去买，有的时候让我去买”“当我在院子里玩的时候，冯歪嘴子一喊着‘黏糕’‘黏糕’地从大墙外经过，我就爬上墙头去了。因为西南角上的那段土墙，因为年久了出了一个豁，我就扒着那墙豁往外看着。”那时候的萧红，一定恨不得马上吃到黏糕，也许馋得连口水都流出来了。

我小时候也有过这样的经历，以前家里在农村，大街上经常会有一个大伯推着自行车，在车子的后座上放着一个用泡沫板制成的保温箱，里面装着满满的雪糕、冰棍儿，即使是在炎热的夏天，也能使得它们不至于马上融化。等到了中午最炎热的时候，那位大伯便会满大街地喊着“雪糕，冰棍儿”。那时候家里的墙不是很高，下面又正好有一个乱石堆，于是每次听到大伯的叫卖声，我总会跑到墙边，顺着乱石堆爬上去，偷偷从墙头往外看。明知道雪糕、冰棍儿外面还有一个保温箱，根本什么都看不到，但还是忍不住想要看上一眼。有时候还会在心里想：“这雪糕一定很难吃，不然为什么没有人买！”

现在想想，也是蛮好笑的，颇有一种“吃不到葡萄，非说葡萄酸”的感觉。

虽然不知道童年时大街上卖的雪糕、冰棍儿是否好吃，但我知道在萧红童年记忆里的黏糕，味道一定非常不错。而且，做法也不复杂。想要做黏糕，首先需要准备一口大锅，锅中加满水并烧开，在锅口的地方放上一个竹帘，然后将此前碾碎的黄米粉撒在竹帘子上，撒上一层米粉，再撒一层豆。萧红当年曾亲眼看过冯歪嘴子在磨坊里做黏糕，而当她走进磨坊的时候，满屋子都是热气，刚一打开门，除了能听到里面柴火燃烧时发出的噼里啪啦的声音外，竟然见不到人。

刚做好的黏糕，软软黏黏的，咬上一口，韧劲儿十足。

黏糕不仅好吃，而且历史悠久，最早可以追溯到中国的周朝。黏糕的种类有很多，其中最具有代表性的有四种，分别是北方的白糕、塞北农家的黄米糕、江南水乡的水磨黏糕、西南的糯粑粑。根据不同地区的不同风味，还可以将黏糕划分为南北不同的两种，北方黏糕可蒸、可炸，味道为甜；而南方的黏糕除了蒸和炸之外，还有片炒和汤煮等方式，味道也有甜咸之分。

我本人是生在东北，长在东北的，很多生活习俗都和萧红的故乡相同，所以从小所吃的黏糕就是北方的白糕，味道为甜。只不过现在的白糕会根据消费者的不同喜好，增加一些其他的辅料，比如撒上一些黑芝麻，或者加几颗大枣，吃起来也别有一番风味。

记得小时候，左邻右舍谁家有孩子百天时，就会做一些白糕，并在每块白糕的最上面用可食用的红色染料点上红点，然后送给参加宴会的亲朋。意思是预祝家里的小孩子能够长得像白糕一样，白白胖胖、高高大大的。不过，现如今更多的却是改用白馒头了，也许是因为白馒头做法比白糕更加简单，而且价格便宜吧。

萧红经历了半生的漂泊，还经常饱受饥饿的折磨，难得还有如此美好的回忆。不知道这一块小小的黏糕，承载了她多少的幸福与甜蜜。

【2】

在那个肉体饥饿、精神却饱食的时代，萧红虽然也经常饱受饥饿折磨，却仍然没能阻挡她成为“吃货”大军中的一员。

无论是真正的美味佳肴，还是普通人家早上吃的最普通的大列巴，都能成为她眼中独一无二的美食。当时萧红和萧军这对小夫妻，靠着微薄的收入，支撑着二人的日常生活。他们租住在一家小旅馆中，每天最幸福的时刻，便是一起分享大列巴。

列巴，是俄语的音译，大列巴其实就是大面包。这种食物从俄罗斯传入中国，现在已经成为哈尔滨一绝。面包本身为圆形，重达五斤，味道颇具传统的欧洲风味。

大列巴的表皮很酥脆，咬上一口会有“咔嚓咔嚓”的响声。由于大列巴比较大，所以通常在吃之前，要将其切成片，然后放在微波炉中烘热之后，再搭配着果酱、奶酪，或者黄油、火腿等，味道更加美味。如果有条件，还可以将大列巴撕碎，放入肉汤或是牛奶中一起食用，更有助于消化。

对于大列巴，萧红还曾写过一篇名为《黑“列巴”和白盐》的散文，并收录在《商市街》中出版：

他连忙又取一片黑面包，涂上一点白盐，学着电影上那样度蜜月，把涂盐的“列巴”先送上我的嘴，我咬了一下，而后他才去吃。一定盐太多了，舌尖感到不愉快，他连忙喝水：

“不行不行，再这样度蜜月，把人咸死了。”

盐毕竟不是奶油，带给人的感觉一点也不甜，一点也不香。我坐在旁边笑。

彼时萧红和萧军二人刚刚正式同居。因为生活拮据，二人整日与大列巴为伴，但这对因灵魂碰撞在一起而结合的青年作家、患难小夫妻，并没有因为贫贱的生活而彼此埋怨，反倒还能打趣说，这样的度蜜月要把人咸死了。

如果能够这样生活下去，或许会有一日，为了柴米油盐的生活而有摩擦，但如果能和心爱的人彼此守候，也未尝不是一种另类的甜蜜。

只是，事事总有不如意，人生若只如初见，这世上又怎会有那么多的怨偶？如果能成为如果，那么萧红和萧军也不会是后来的模样。

贫贱夫妻百事哀。为了维持生活，萧军每天都外出赚钱，而萧红则每日在家苦等。物质和精神上的双重贫瘠，使这个原本就敏感的女子变得更加多愁善感起来。每次萧军出门时，萧红总要追问“你什么时候回来”。时间久了，萧红精神上的寂寞比饥饿更折磨着她，这种感觉几乎要将她吞噬。而与此同时，萧军则又移情别恋，爱上了佳人。萧军是个浪漫而多情的男子，这也注定这段感情最终会走到终点。

终于，萧红带着一身情伤，与这个她最爱的男人分开了。不知道在萧军说出那句“我们还是各自走各自的路吧”的时候，他的心里是如何想的，是不是这句话早就已经在心中说过千万遍？我们只知道，在1942年，萧红独自走完人生最后一段旅程的时候，她的心中最想念的那个人，仍然是萧军，她说：“如果三郎知道我困在这里，一定还会像当年在哈尔滨那样来救我的吧？”其实她的心里一定非常清楚，爱情早已经成了昨夜的旧梦，往事随风，已消散在岁月的长河中，再不复返。

我一直在想，如果当初，在萧红被困旅馆时，萧军没有像一位被上帝派下来的天神般，将她从困苦中解救出来，如果他们今生不曾相遇，那么萧红的一生，是不是就能少受些情伤？她是否可以活得更加快乐？

或许吧……只是我们谁都不知道另一个“或许”是什么样子。

萧红的可悲，就在于她一生渴望爱，渴望被爱，却终究被情爱所伤。正如她所说的，她这一生最大的痛苦和不幸，就是因为她是一个女人。

萧红的生命中，共出现了四个男人。虽然为了学习逃离了家乡，但没有经济来源的小女孩，又能对命运做出多大的反抗？所以，当汪恩甲带着银子出现时，萧红妥协了，无论是出于什么原因，她和他在一起了。最后换回来的，只有遗弃和一身的伤害；而萧军则拯救她于困苦之中，且又满足了她对男性的所有幻想，给了她内心一直渴望的爱情，从此她爱得一发不可收拾，在爱情里，付出最多的那个人，注定会伤得最深；而端木蕻良就像是拯救萧红于黑暗中的一点星光，带着她走出了情伤后的绝望与无奈，她对他，不是爱，不是憧憬，而是对过往的遗忘；骆宾基，44天的守护，他们之间是否有真爱，没有人能说明白，也许对于萧红来说，他是一位能够让她安心的暖男闺蜜吧，总之，在她离开人世的最后时光里，只有他一直陪在她的身旁……

萧红一生被情所伤，为情所累，但好在，她的身边还有这样一位，亦师亦友又如父般一直照顾她、指点她的鲁迅先生。1934年10月，萧红从东北流亡到上海后，她遇到了鲁迅先生。鲁迅对萧红如亲人般的关照，又一次让她感受到了家的温暖。而这段时间，萧红在积极创作之外，最常做的事就是到鲁迅家中谈天说地、吃茶点。

鲁迅的好吃，在民国圈子里也是比较有名的，萧红和鲁迅遇到一起，除了在文学创作上能有共鸣之外，在关于吃的研究上，也颇有“高山流水遇知音”的感觉。

每次萧红来鲁迅家做客，鲁迅总会将自己最喜欢，萧红也非常喜欢的茶点“玫瑰白糖伦教糕”拿出来招待她。这道糕点是芙蓉色半透明的，柔韧性很好，有层次感，糕点本身有着玫瑰的甜香味道，咬一口松软柔糯、唇齿留香。因为最早是出现于广东顺德镇的伦教镇，所以取了这个名字。鲁迅曾在自己的《弄堂生意古今谈》中提过这道糕点，一向言语以犀利著称于世，口中很少有夸赞之词的鲁迅先生，这次也难免对这道糕点赞不绝口。

鲁迅对萧红如亲人般的温暖与关怀，就如软软的伦教糕一般，吃一口，就甜到了她的心里，而一句句简单却温暖的话语，在往后的日子里，化作了支撑萧红在这孤寂的人世继续坚强走下去的动力。

花茶！思念！——冰心的故乡情牵

【1】

冰心曾说过，人老不可怕，可怕的是心老。

冰心被称为“世纪老人”，她的长寿是有目共睹的。但究其长寿的秘诀，她却说：“我确实没有特别的养生之道，就是性情豁达一点，从不跟人计较。生命的每一天都是新的，十几年前，我说过，生命从80岁开始。”那时，她已是90多岁的高龄。

冰心，原名谢婉莹，出生于1900年。也许因为她是福建人的缘故，冰心骨子里就有种对茶的执着，尤其是茉莉花茶，更是她一生的挚爱。

冰心的家乡长乐是茉莉花的主要产地，从19世纪中期一直到20世纪30年代左右，福建的茉莉花茶生产发展到了鼎盛时期，而冰心出生的时期，正是茉莉花茶生产的高峰期，在这样的大环境下长大的冰心，会对茉莉花茶产生深厚的感情，简直是顺理成章的事情。

事实上，冰心会喜欢茶，和她的家人有很大的关系。小时候的冰心，对茶并没有什么特别的情感，那时候她喝茶，完全是出于口渴。但冰心的祖父却非常喜欢喝茶，而且对茶也十分讲究。和普通人不同的是，他选择的烹茶之水通常不是井水，而是在影视剧中经常被人称为“无根水”的雨水。这一饮茶习惯，冰心的父亲也有所承袭。虽然冰心没有采用无根水泡茶的习惯，但她从小就受到祖父和父亲对茶的喜爱的影响，后来会爱上茶，是在所难免的。

对于父亲采用雨水泡茶的习惯，即使长大之后，冰心依然不曾忘记。每逢下雨之时，屋顶上的瓦片被雨水冲刷干净之后，父亲便会用一根竹管将屋檐上的雨水引下来，然后让其流入房前放置的大缸中，等到泡茶时，即可从中取水。等到下一次再下雨的时候，依然用这种方法，准备过几天的用水。据冰心的父亲说，用这样的“无根水”冲泡出来的茶水，味道清新，没有异味。

无根水，也叫天水，通常指的是从天上落下来的雨、雪、霜、露等。这种说法最常见的来源于《西游记》中，孙悟空所说的“井中河内之水，俱是有根的。我这无根水，非此之论，乃是天上落下者，不沾地就吃，才叫做无根水”。通俗一点的说法，就是没有沾到地面的雨水。

无根水，是古代服药时常用的一种药引或制药时用的材料。而用无根水泡茶，对我们来说并不陌生，很多影视剧中，经常能看到古时候的一些文人雅士收集初雪，待其融化成水后，将之埋藏于地下保存，等需要烹茶时再取出使用。还有一种比较常见的方式，是收集晨间的露水，应该也是一种不错的选择。

至于无根水是否卫生的问题，古时候不好说，但现在如果想采用这种方式烹茶，趁早还是打消这个念头吧，空气污染这么严重，用这种水泡出来的茶，毫无疑问，异味会更浓烈！

冰心的父亲最喜欢的茶，就是茉莉花茶。冰心幼年时，鼻翼中总是充斥着淡淡的茉莉花香，在这样温馨而又甜美的环境下长大的冰心，心中充满了爱，而这样的感情和心态，无疑影响了她整整一生。

可以说，爱，是冰心童年的精神养料。

20世纪20年代，冰心从燕京大学毕业之后，便奔赴大洋彼岸的美国去学习，这样的机会对她来说是相当珍贵的，所以她也格外珍惜。虽然冰心从小就经历了由福州到烟台，再由烟台到北京的几次搬家，也习惯了在各地之间奔波，但至少每次都有家人的陪伴，而如今像这样离开家人独自越过大洋，到一个完全陌生的国度生活，却还是第一次，所以难免会令冰心想念起家乡。

无论是这时候的独自一人求学，还是后来和丈夫一起出国考察，她的心里都时时刻刻想念着故乡，想念着家乡的亲人。

在《我的房东》这篇文章里，冰心用最平淡的话语，向读者们讲述了她当时内心里的思念，她说："我一面看着信，一面吃点心喝茶——这些事总使我想起我的母亲。"

中国是茶的故乡，中华茶文化博大精深，融合了佛、道、儒多种思想，并独成一体，在中国众多文化中，占有不可取代的席位。至今为止，中国饮茶的历史已经有几千年了。在三皇五帝时，就已经有神农以茶解毒的故事。

所以，茶在某种程度上，就和瓷器一样，象征着中国。冰心此时的喝茶，喝的就是对故乡的思念，喝的就是对祖国的留恋。

在冰心中年时期，由于侵华战争的全面爆发，中国大部分土地都笼罩在战火之下，为了躲避战事，冰心和家人来到了重庆，也就是从这时开始，冰心的生活中，又一次出现了茉莉花茶的身影。她曾在记述中写道：

百无聊赖之中，我一面用“男士”的笔名，写着《关于女人》的游戏文字，来挣稿费，一面沏着福建乡亲送我的茉莉香片来解渴，这时总想起我故去的祖父和父亲，而感到“茶”的特别香洌。我虽然不敢沏得太浓，却是从那时起一直喝到现在！

此时淡淡的茉莉花茶，不再只是幼年时解渴的普通茶水，而是寄托着冰心对故乡的浓浓眷恋，以及对已经故去的祖父和父亲的深深思念。

我个人也经常会喝一些花茶，和冰心不同，我并没有对某种花茶有特别深的感情，而是会根据不同季节和身体的健康状况，随时进行调换。

在炎炎夏日，我会选择金银花茶，因为金银花茶性味甘寒，可以清热解毒、疏散风热。在炎热的夏天，喝上一杯金银花茶可以泻火。

而在秋季，由于空气中水分含量降低，这时候最好的选择便是玫瑰花茶。玫瑰花茶有滋润去燥、养血暖胃的功效，并且富含维生素，经常喝此茶，还能平衡内分泌，对女性来说是再好不过的选择。

在春天的时候，我会适当饮用茉莉花茶，因为茉莉花茶的香气醇厚，且性温和，有助于调理身体，尤其对于胃部的保养有很大的好处。在初春天气还有些寒冷的时候，饮上一杯淡淡的茉莉花茶，不仅温暖了胃部，温暖了整个身心，还能对安定情绪有很好的效果。值得一提的是，茉莉花茶还能滋润肌肤、美容养颜，甚至对缓解痛经也有一定功效。对女性来说，这真的是春季饮茶的上品。

算起来，茉莉花茶至今已有一千多年的历史，而在清朝时，更是被列为贡品。

据汉朝的《史书》中记载，茉莉花起源于古罗马帝国，后来通过海上丝绸之路，几经辗转最后从印度传入中国。唐朝时，茉莉花被认为是“玉骨冰肌”“淡泊名利”的象征，代表着士大夫的气节。茉莉花是佛教的圣花，人们认为，茉莉花一出，则百花不香，所以茉莉花又被认为是“天香”，和菩提一样，成为佛家圣物。

茉莉花茶的兴盛，是在宋朝。宋朝最初时，本有几十种香料茶，但经过时代变革，很多花都被淘汰了，最后只剩下了五六种花，而其中茉莉花占比达到了96%，而这直接促成了茉莉花茶的兴盛。

对冰心来说，或许这一杯再普通不过的茉莉花茶，所代表的是她对家族传统习惯的传承，是她对故乡、对祖父、对父亲最深沉的思念与眷恋，是她对人生的一种信念，就像那醇厚的香气一样，历久弥散之后，仍能带来满室馨香，即使她的人生走到了终点，她给我们世人留下的宝贵财富，却永远不会消散。

爱，永远都在！

【2】

在肖凤老师的《冰心传》的代序中有这样一段描写，“当我向她请教：对于为她立传，可有什么意见时，她沉思片刻，慢慢地说出了这样的一句话：‘真。我希望写得能够像我。’”

“真”，是冰心坚持了一生的文学观，而她，就是这样一位温文尔雅的人，从来都是用自己最真诚的一面，面对世人。

她的心胸豁达，无论遇到多大的挫折，都能淡然面对，在那个特别的年代，冰心受到了很多伤害，但她从没有抱怨一句，就像梁启超给她写的那副对联一般：世事沧桑心事定，胸中海岳梦中飞。

这世上，能做到处变不惊、心胸豁达的人，又有多少？

也许就像她自己所说的那样，因为她凡事不计较，心胸豁达，所以才能长命百岁，但我想，这和她日常的饮食习惯，也定然有很大的关系。冰心的生活很有规律，每天早上7点按时吃早餐，然后会坐下来安心地写日记，之后便是正常的写作、看书；到了中午12点时，按时吃午饭，饭后半小时后，会坐在床上收听“午间半小时”；晚上6点时吃晚饭，7点收看新闻联播，之后看一些休闲的节目，如相声小品、京剧等；到了晚上10点，就会按时上床睡觉。这样规律的作息时间，无疑对身体有很多好处。

冰心喜欢茉莉花茶，但在日常饮食上，却并没有太多的要求，每天早上会吃两颗鸡蛋，外加一杯牛奶，偶尔还会喝一点咖啡。她总是和家人一样，“兼收并蓄，主食无非是米、面，副食无非是鸡鸭鱼肉和蔬菜水果之类，没有什么山珍海味，也没有什么特别的嗜好。”晚年时，有记者询问她的养生之法，她说：“我不讲究，荤素都吃，但不吃肥肉。”

荤素搭配，身体对营养的摄入就会均衡，从而达到营养平衡的养生目的。冰心虽没有刻意追求养生，但她的日常生活，却无不在时时透露着她的养生智慧。健康的饮食，维持了她每天生活的正常所需，适当地食用水果，又补充了许多身体所需的维生素，总之，对身体健康大有裨益。

冰心本人对吃食并没有格外要求，但在她的作品《小橘灯》中，我们却透过文章，看到了一位可怜却又坚强的小女孩，那句“红薯稀饭——我们的年夜饭”，每每读来，都会让人觉得一阵心酸。

年夜饭，对中国人来说，是一年中最重要的一顿饭，本该是全家人坐在一起，吃一顿团圆、丰盛的晚餐，但那位小女孩的年夜饭，却只有一份用红薯熬煮出来的稀饭。而这对于她来说，却是全天下最美味的食物了。此时的她只希望母亲能快点好起来，父亲可以早日回到她的身边，全家人团聚在一起。

冰心的故事中，处处都透露着“爱”这一主题，因为有爱，所以小姑娘不觉得生活很苦，虽然她的生活确实很艰辛，但她依然乐观；因为有爱，所以她对这个世界充满期待，期待着父亲的归来，期待着母亲早日康复；因为有爱，所以懂得感恩，对于“我”送给她的橘子的回报，便是那盏小橘灯；因为爱，所以有更多的孩子，喜欢冰心的故事……

因为爱，所以即使是一碗最普通的红薯稀饭，也成了冰心心中永远的记忆，即使过去十二年之久，她还能想起那天晚上，她在女孩家里见到的那碗稀饭，那是女孩和她母亲的年夜饭，是她们的团圆饭。

辛辣！琐事！——苏青的烟火气息

【1】

她与张爱玲并称为上海滩“双璧”，她的一生，写过弄堂，写过胭脂水粉，写过婚姻，却独独不曾写过爱情。她用十年的时间写就《结婚十年》，将自己的十年过往公诸于众。

她，是苏青。

关于苏青，张爱玲曾如是说：“如果必须把女作者特别分作一栏来评论的话，那么，把我同冰心、白薇她们来比较，我实在不能引以为荣，只有和苏青相提并论，我是甘心情愿的。”可见，在张爱玲这位傲娇大小姐的心中，苏青是与众不同，且一定是非常有才华的。

在文学上，我很喜欢张爱玲，因为张爱玲的这句话，我便知道了苏青这个人，于是对这位能被张爱玲间接夸赞的女性，产生了浓浓的好奇心，进而对她进行了一番了解。

相较于张爱玲文笔的素淡，苏青的字里行间都透着热辣。无论是她在文章中提出的犀利观点，还是在面对别人质疑时，回复的呛声，这般火辣的性子，都让我想起了四川的辣妹子。然而，她明明就是生在江南水乡。

苏青是浙江宁波人，虽然她一生中的大部分时间都是在上海度过的，但宁波家乡的水土，还是在一定程度上影响了她，至少养就了她对宁波菜的热爱。

在苏青的很多文章中，都或多或少地提到过一些她的家乡宁波的美食，尤其在她的《谈宁波人的吃》一文中，更是明确写道：

我觉得宁波小菜的特色，便是不失本味，鱼是鱼，肉是肉，不像广东人，苏州人般，随便炒只什么小菜都配上七八种帮头，汤啦醋啦料理又放得多，结果吃起来鱼不像鱼，肉不像肉。

从这段话中就能看出，苏青在提起家乡菜的时候，是带着浓浓的自豪感的。

而且，对于家乡宁波菜，苏青是很有研究的，所以才能对“冰糖甲鱼”“红烧河鳗”“咸炝蟹”“盐焙笋”等如数家珍，甚至对其做法也十分了解。

宁波菜又叫甬帮菜，是“中国八大菜系”之一——浙菜中的非常重要的组成部分。由于宁波临海，有着得天独厚的地理条件，所以宁波菜以海鲜为主，在烹制海鲜时，讲究咸鲜合一。

提起海鲜，首先想到的便是鱼、虾、蟹等最常见的食材。而说到鱼，当地大部分人都可以通过观察鱼鳞外是否有黏液和鱼眼的明亮程度，来迅速判断出一条鱼是否新鲜，仿佛他们在这方面都有着异于常人的天赋一样。

苏青在她的散文《谈宁波人的吃》中写道：

红烧鳗与冰糖甲鱼，是我祖父所顶爱吃的食物，我祖母常把它们配好了上等料理，放在火缸里炖上大半天，待拿出来吃时，揭开罐盖便嗅到了一阵肉香，仔细瞧时，里面的鳗或甲鱼块正好在沸着起泡呢。

由于小时候受其祖父的影响，苏青对这两道菜也甚是喜爱。

而说起这“冰糖甲鱼”，还大有来头，它可不是一道普通的菜，在旧时的民国，乃宁波十大名菜之一，甚至名列十大名菜的榜首。它更是甬江状元楼的“招牌菜”，有着“独占鳌头”这样霸气却又不失文雅的名字。

而关于“独占鳌头”这个名字，在甬江这里还流传着这样一个小故事：

在很久以前，在宁波江北岸临江的地方，有一间小酒楼，这里的掌柜以烧冰糖甲鱼而闻名于当地。有一天，从外地来了两位赴京赶考的举人，途径本地时来到了这家酒楼。

两位举人都是富家子弟，便将酒楼中的名菜点了个遍。伙计们陆续将菜品端上了桌，两位举人看到最后端上来的冰糖甲鱼，晶莹透亮、清香扑鼻，而且鳌头上翘，不禁好奇，便向掌柜询问道：“此菜何名？”掌柜的是聪明人，见面前坐着的二人都是举人打扮，便猜到了他们是要赴京赶考，此时最喜欢的应该就是听到别人预祝他们高中的话，于是他笑着对二人道："此乃'独占鳌头'是也！"两个人听了掌柜的话，忍不住赞叹道："真乃妙哉！"二人很欢喜地吃了这餐饭。

说来事情也巧，等到秋季发榜的时候，那两位曾经在这酒楼吃饭的举人，其中一人竟然真的高中状元了。当他衣锦还乡时，特地来到了这家小酒楼。掌柜的又为状元做了一次冰糖甲鱼，并捧上文房四宝请状元为酒楼命名。于是状元挥笔写下了"状元楼"三个大字。从此以后，"状元楼"和"冰糖甲鱼"红遍浙东。

也许当时的小苏青对冰糖甲鱼和状元楼的故事并不了解，但她对这道菜的味道却十分清楚。那时候，由于祖父的喜爱，祖母经常为他们祖孙二人做冰糖甲鱼。这道菜不仅色泽鲜亮、口感鲜美肥腴，而且具有滋阴调中、补虚益气、散热祛瘀等功效。

身处异地他乡的上海时，苏青总是会怀念起儿时记忆中的味道，尤其是这道饱含着祖母对祖父和她的浓浓关爱的美食，更是将苏青的乡愁表现得淋漓尽致。她说："一到生病的时候，我便想吃本乡菜了，尤其是乡下（指宁波）土产，儿时吃惯，想起来别有滋味。"

苏青的祖父本是清朝举人，曾在宁波府中学堂担任过校长职务。他思想开明，等级观念淡薄，对苏青的教育也采用的是循序善诱的方式，而这无疑都给儿时的苏青带来了巨大的影响，以至于苏青对祖父的一言一行都印象深刻。所以，每每看到祖父最爱的冰糖甲鱼时，苏青的脑海里，便会闪现出儿时与祖父在一起的场景，满满都是祖孙二人的幸福回忆。

苏青曾提到的另一道菜"红烧鳗鱼"在宁波也是非常有名的一道

菜品。

鳗鱼喜欢在洁净、无污染的水域栖身，它是世界上最纯净的水中生物。鳗鱼素来有“水中软黄金”的美名，它的营养价值非常高，体内所含的维生素A和维生素E是普通鱼类的60倍和9倍，在世界范围内，鳗鱼也被认为是滋补养颜的佳品。而且，鳗鱼的体内还含有一种稀有的西河洛克蛋白，这种蛋白具有良好的强精壮肾功效，是年轻夫妇、中老年人的保健食品。

日本人喜欢在寒冷的冬日，吃上一份香喷喷的烤鳗鱼饭，来驱走严寒，保持充沛的体力。而在中国的台湾地区，鳗鱼被认为是长寿的象征。另外，鳗鱼对预防视力退化、保护肝脏等都有很大的功效。

鳗鱼的肉质肥厚鲜美、红润透亮，红烧后更是肥糯酥软、咸甜适中。苏青十分钟爱这种味道，在他乡生活时，她也曾在饭店点过几次红烧鳗鱼，但遗憾的是，这些菜虽然看上去精致，但吃起来的味道，却远远不及记忆中的那般鲜美。

也许，不是厨师做得不地道，也不是菜本身不好吃，只是她记忆中的味道里饱含着她对家乡亲人的思念与爱，所以，无论这红烧鳗鱼是否好吃，至少在这份情感上，是有所欠缺的。就如2016年辽宁卫视春晚上郭冬临所演的小品《家的味道》一样，家是什么？是那一份充满爱的情怀。郭冬临吃了一口老板端上来的菜之后，说：“这是家的味道吗？这是饭店的味道！”无论饭店的菜品再如何美味，也永远不及家人亲手烹饪的充满爱的饭菜。

这个小品给我留下了深刻的印象，甚至当时在看小品的时候，坐在电视机前的我泪流满面，原因无他，郭冬临说他和姥姥的故事时，让我也想起了我记忆里，那让我至今都想念，却无论如何，任何人都做不出来的世上独一无二的鸡蛋饼。

那时候我还在读小学四年级，刚刚转学来到姥姥家所在的城市上学，对周围的环境还不是很熟悉，再加上中午课间休息的时间比较短，所以中午来不及回家吃饭。为了能让我中午吃好吃饱，姥姥总会将做好的饭菜装进保温饭盒中，然后在午休之前，送到学校。

午餐很简单，总是一盒白米饭，一些家常菜，一点咸菜，唯一不变的就是在米饭的最上面，姥姥总会给我放上一块手掌大小的煎鸡蛋饼。

每次一层一层打开保温饭盒时，总能在看到白米饭之前，先看到铺在最上面的鸡蛋饼。鸡蛋饼黄色的面饼上，不均匀地撒着一些绿色的葱花，口感非常润滑、细嫩，仔细咀嚼，还能感受到一股淡淡的葱香味道。

吃在口中，心里满满都是感动。那时我就在想，如果天天都能吃到姥姥亲手做的鸡蛋饼，真是一件非常快乐的事情。只是不久后，姥姥患上了脑溢血，瘫痪在床，至今已经十几年的时间了。在这些年里，我吃过很多次鸡蛋饼，却从没有记忆里那种，仿佛吃上一口就能让人欢喜到落泪的味道。

因为我知道，记忆中的鸡蛋饼，是姥姥的味道，这世上只有一个姥姥，所以再没有人能够做出那种味道……

【2】

在苏青的《饮食男女》中有这样一句话："饮食男，女人之大欲存焉。"这句话原本是"饮食男女，人之大欲存焉"，出自《礼记》，是孔子说的话，可苏青却将断句向前移动了一个字，变成了她的女权宣言——女人所需，无非就是三样：吃、喝和男人。

苏青的文字总是这样坦白和直率，有着现实和辛辣，但她说的却是大实话。虽然在当时的人们眼中，她的文字太过前卫，而这也确实为她招来了一些不必要的麻烦，但张爱玲却说，她喜欢苏青身上的平实和让人安心的烟火气息。而胡兰成也认为，这样的苏青是世俗的、没有禁忌的一个人。

人不就是应该如此吗？想吃就吃，想爱就爱，只要不碍着他人，又何必在乎他人的眼光？如此的苏青，倒是让我想起了一道四川名菜——麻婆豆腐。

苏青在移居上海之后，曾经无意间吃过一次麻婆豆腐，从此那股子麻辣的口感，就成了她一生的牵挂，那种酣畅淋漓、口齿留香的记忆，让她深深地爱上了这道四川名菜。

四川一带，一年四季雨水充沛，湿气比较重，为了减少人体内的湿气，所以四川的饮食中会加入大量的麻辣。也许是受到长期以来的饮食文化的影响，四川人的性格中也带着一种豪爽大气。

而麻婆豆腐作为川菜中的名品，麻、辣自然是少不了的。麻婆豆腐的主要原料为豆腐、肉末、辣椒和花椒。其中，辣椒的主要作用是提供辣的味道，而花椒则提供麻的口感。

据传，麻婆豆腐始创于清朝同治元年。在当时的成都万福桥边，有一家名为“陈兴盛饭铺”的店面，因为老板去世，饭店便由老板娘陈刘氏来接手经营。陈刘氏心灵手巧，且对烹饪一道甚是精通，但她满脸麻坑，长相略微丑陋，也正因此，她被当地人戏称为“陈麻婆”。

当年万福桥是一道横跨府河，常有苦力之人在此歇脚、打尖。光顾饭铺的主要是挑油的脚夫。他们每次到来，都会从自己的油篓中舀出一些油，再到隔壁的店铺中买来豆腐和牛肉，然后一并交给擅长烹饪的陈麻婆，让其帮忙加工成菜品，并另外支付她一些人工费用。

也就是在这时，陈麻婆做出了一道色香味俱全、麻辣可口的豆腐，且这豆腐一面世，便受到大众的喜爱。因为这道麻辣豆腐是陈麻婆所创，所以人们便将这道菜品取名为“麻婆豆腐”。

此后，麻婆豆腐几经发展，已经成为川系菜肴的代表，名满全国。就连国外的许多游客，来到四川也必然会点上一盘“麻婆豆腐”，在游览四川美景的同时，感受四川所独有的麻辣以及川人的火热情怀。

苏青的性子，从里到外都透着一股热情与火辣，这种情感犹如跳跃在键盘上的音符，为世间奏出最华美的乐章。

苏青婚后的不幸，让她的心里十分苦闷，在生下第一个女儿之后，面对来自家人的责难，这种苦闷更是到达了爆发的边缘。于是，她执笔写下了自己的第一篇作品《生男与育女》，并发表于《论语》杂志上。这篇文章写得可谓酣畅淋漓，让当时社会的重男轻女现状跃然纸上。这一篇文章的发表，也让苏青认清了未来的方向，从此她踏上了从文的道路。

婚姻彻底破裂之后，苏青写成了那部带有自传色彩的长篇小说《结婚十年》。该书一经面世，便在社会上引起了巨大反响，一时之间“洛阳纸贵”，截至1948年，竟然再版36次之多！这对任何一位作家来说，无疑都是一件值得骄傲的事情。

也难怪张爱玲会说：“即使从纯粹自私的观点看来，我也愿意有苏青这么一个人存在，愿意她多写，愿意有许多人知道她的好处，因为，低估了苏青的文章价值，就是低估了她的文化水准。”

苏青一生喜欢吃，喜欢研究吃，所以她能在文章《谈宁波人的吃》中，对各种美食的做法与特点信手拈来。她的一生除了创作外，便是在日常的吃喝与养家中消磨时光，所以每到夜晚炊烟袅袅时，你便会看到褪下了作家光芒的苏青，站在灶台边为她的孩子们准备晚饭的身影。

此时的她，不再是什么伟大的作家，也不再是与张爱玲齐名的才女，她只是孩子们眼中最温暖的母亲，这世上最平凡的一个人。

这就是苏青，这就是她的柴米油盐与烟火之气。

第二章

/

民国才子舌尖上的爱恋与情思

美食！辗转！——鲁迅的舌尖体会

【1】

提起鲁迅，我对他的认识，最初也只停留在初中、高中的课本上所介绍的那些内容：他是一位伟大的文学家、思想家；他的作品《狂人日记》是中国第一部现代白话文小说；他有代表作《朝花夕拾》《野草》等；他在作品中塑造了阿Q、孔乙己和祥林嫂等著名的文学形象。

除此之外，关于他的故事，我知之甚少。

只知道他的合法妻子叫朱安，他的爱人是许广平。

而对鲁迅的进一步了解，也是因为他生命中的这两位女子。因为一次写作，我对和鲁迅一生有关的这两位女子进行了一定了解，从中也对鲁迅有了更深刻的认识。也就是从那时开始，在我心中一向都是正义战士，以笔为剑的“横眉冷对”形象中，出现了“可爱”这样的字眼。

从没想过那样“横眉冷对千夫指”“怒向刀丛觅小诗”的斗士外表之下，竟然隐藏着一颗“吃货”的心。

鲁迅的吃，在民国这个圈子里，是非常著名的。恐怕他认第二，大部分人都不敢和他去争第一。即使如张爱玲那般，吃得讲究精致，如苏青那样，吃得通透深究的人，在鲁迅面前，也都要自叹不如。

在吃喝这件事情上，鲁迅绝对称得上是地道的行家。而且，他不但会吃，还会做，对许多菜肴，他都有着自己的独到见解，甚至还会说上几句“行话”。

在一定程度上可以用这样一句话来形容鲁迅，“哪里有美食，哪里就有鲁迅”。从日本回国后，鲁迅在北京生活了14年。这段时间里，从鲁迅的日记中可以看出来，鲁迅的足迹几乎遍布北京城大大小小60多家餐馆。

如1912年8月22日所记载的，“晚钱稻孙来，同季市饮于广和居，每人均出资一元。归时见月色甚美，骡游于街。”

再如1912年9月27日记载的，“晚饮于劝业场上之小有天，董恂士、钱稻孙、许季黻在坐，肴皆闽式，不甚适口，有所谓红糟者亦不美也。”

在鲁迅的日记中，很大一部分都与吃有关。

鲁迅对北方菜和北方面食非常喜欢，即使是回到上海之后，还是对这里的美食念念不忘。而在鲁迅去过的大大小小的餐馆中，尤以广和居去的次数最多，也是他最喜欢的。广和居、福兴居、万兴居、同兴居、东兴居、万福居、同和居和沙锅居并称北京“八大居”。另外北京还有“八大楼”，分别是东兴楼、泰丰楼、致美楼、鸿兴楼、正阳楼、庆云楼、新丰楼和春华楼。

“八大楼”和“八大居”是从清朝时期就开起来的酒楼、饭馆，而到了民国时期，又因为吸纳了很多宫廷御厨，使得这些地方更加著名、繁盛。许多文人墨客都喜欢来这里相聚，一时间这里名声大噪、热闹非凡。

而鲁迅之所以经常去广和居，除了他比较喜欢这里的菜品之外，还因为距离比较近。当时的鲁迅住在山会邑馆（绍兴会馆前身），而作为“八大居”之首的广和居，位于宣武门外菜市口附近的北半截胡同南口路东，和鲁迅的居住地所在的胡同正好斜对着。广和居是民国时期非常受欢迎的一家酒楼，曾有文人为其写了一副楹联：广居庶道贤人忘，和鼎调羹宰相才。

广和居里面很宽敞，和老北京的四合院布局相同，院内分出大小不同的房间，既有供个人独饮的场所，也有供三五人小酌或者专供多人聚会使用的场地。鲁迅和朋友聚会的时候，经常会到这里来，三五个朋友一起，推杯换盏，别有一番滋味。

当然，除了近，最主要的还是因为广和居的菜品真的不错，不然也不会入了鲁迅这位“民国吃家”的眼。

广和居是道光年间专为南方人开设的南味馆。民国时期，很多皇宫里的御厨被各大餐馆招揽之后，每家餐馆又根据自己的情况，对菜品进行了改造，所以民国时期广和居的菜式基本上是宫廷菜改良的。

例如这里比较著名的潘鱼（一款清蒸鲤鱼）、炒腰花、油炸丸子、四川辣鱼粉皮、酱豆腐、清蒸干贝、蒸山药泥等，在当时都算得上是民国时期最著名的代表菜。

广和居之所以这么受文人雅士的欢迎，除了自身菜品的味道不错之外，还因为这里的菜名都很有来头。比如作为招牌菜之一的潘鱼，就是晚清时期的一位潘姓翰林首创的，有人说他是晚清著名的书法家潘祖荫；而另一道“曾鱼”的来头同样不小，是由晚清著名的政治家曾国藩所创。有着这么两位风云人物所创的菜品写在菜单上，就算对鱼本身不感兴趣，也难免想要来一探究竟，凑个热闹。所以一个两个都来凑热闹，广和居的人气自然越来越旺。

鲁迅这个人虽然酒量不太好，却偏偏好这口，周作人在回忆鲁迅喝酒的时候曾说：“鲁迅酒量不大，可是喜欢喝几杯，特别是朋友对谈的时候……”所以，鲁迅几乎每次和朋友到广和居聚会，都会点上一杯小酒，再要上几盘下酒的小菜，其中每次来都必点的一道菜是炒腰花。

广和居的炒腰花十分有名，这和他们独特的烹饪手法有很大的关系。广和居在做这道菜的时候，会用两口锅同时炒：其中一口锅里会放上花生油和猪油一起烧热，而另一口锅中则烧水，将事先切好的新鲜腰花洗净之后，放入烧水的锅中焯，等到油温到最高时，马上把腰花从水中捞出来，然后放入油锅中爆香，此时，腰花上会有一层黄色的油光。之后用漏勺将腰花捞出，将锅中的油大部分倒出，只留下一部分底油，放入青蒜苗、木耳，翻炒几下之后，将腰花放入锅内，勾芡。再向锅中加入姜水、料酒、酱油、味精、糖和少许的醋，一盘色香味俱全的美味腰花就出锅了。这种先过水后过油的方式，能让炒好的腰花呈现出金红色的光泽，并且保持腰花的脆嫩口感，非常适合做下酒菜。

鲁迅喝酒喜欢喝绍兴的花雕酒，也就是我们常说的“女儿红”。古时的绍兴，几乎家家都会酿酒。据传，早在宋代，绍兴人家里生了女儿，等到孩子满月时，家中人就会选用上等的糯米、麦子等原料，再用清澈干冽的清泉水来酿造几坛美味佳酿，然后请画匠在酒坛上画上花鸟鱼虫、珍禽走兽等寓意美好的图案，之后再将酒坛埋于地下或藏于地窖之中。等到家中的女儿长大成人，出阁之日，再将深藏的美酒取出，在酒坛上添上一些寓意吉祥如意、团圆美满的图画，然后打开酒坛招待亲朋好友。

花雕酒是酒中的上品，酒香浓烈、酒味醇厚、酒色清透，和红酒一样，初尝时馥郁甘甜，难免会让人多喝上几杯，但后劲却很足。所以最好不要贪杯，不然会很难受。鲁迅有过几次喝多的情况，在他的日记里，他曾说过一次月夜访友的情况，“饮酒一巨碗而归……夜大饮茗，以饮酒多也，后当谨之。”

除了炒腰花这道每餐必点的下酒菜之外，另一道深得鲁迅喜爱的广和居名菜是“三不沾”。这道菜虽然名字听起来挺奇怪的，但做法相当简单。首先准备十几个不掺杂任何蛋清的纯蛋黄，将其放入大碗中之后，向里面加入白糖二两，然后将一两用水泡开的绿豆粉加入大碗中，搅拌均匀之后，将未能充分融合的杂质过滤掉。

在烹制的时候，首先要将猪油融化，并炒出油香，将准备好的鸡蛋粉浆倒入锅中，一边倒入，一边沿着同一个方向不停搅拌，之后用小火搅炒，此时应注意需要双手并用，在搅拌的同时，用另一只手向锅中倒入已经融化的猪油，此过程中不能出现停顿，直到锅中的蛋浆变得紧实劲弹。

之后改用大火收浆直至到浆糊状、颜色也由浅黄变为金黄色为止，此时你会发现锅中的蛋黄和猪油、淀粉完全融合，锅中飘出淡淡的香味。最后再向锅中淋入一些香油，此时一盘香醇可口、光滑劲弹的“三不沾”就出锅了。

正宗的“三不沾”外表看起来似蒸非蒸，似羹非羹，很像小时候经常吃的果冻一般，用汤匙舀食时，能够做到既不沾匙，又不沾盘，还不沾牙，口感清爽、圆润细腻，故名“三不沾”。

当时的北京云集了四面八方的美食，生活在这里的鲁迅，着实有口福。除了广和居的炒腰花和“三不沾”等是鲁迅的最爱外，当时的“八大居”除广和居以外的几家饭馆、“八大楼”也同样留下了鲁迅的足迹。如同和居的九转肥肠、混糖大馒头，东兴楼的砂锅熊掌，致美楼的抓炒鸡片等，也都是鲁迅非常喜欢的美食。这些菜品光是听名字，就能让人联想到让人垂涎欲滴的山珍海味，难怪鲁迅在离开北京之后，会时时怀念味蕾上的那些美食记忆。

鲁迅是浙江绍兴人，众所周知江浙一带的人喜甜不喜辣，但鲁迅却偏偏反其道而行，甚是喜欢一道名为“辣鱼粉皮”的菜品。在清末民初之时，这道菜名为“四川辣鱼粉皮”，但它却不是川菜，而是地地道道的北京菜，而且还是北京菜品中极为少见的会放上红辣椒的菜品。而在1918年，鲁迅第一次请胡适到饭馆吃饭的时候，他点的第一道菜品，便是放过辣椒的梅干菜扣肉。

可见鲁迅是喜欢吃辣的。据他自己说，最初开始吃辣是因为辣椒的辣可以解困，鲁迅经常工作到后半夜，有时倦意袭来让他很难受，于是他拿来家里的辣椒吃上一些，直嚼得满头大汗，周身发软，睡意顿消，没想到最后竟然就这样爱上了辣椒，爱上了吃完辣椒之后的感觉。

没想到那样严肃的一位民国大师，在生活中竟然也有这样可爱的一面，真是不可思议。

【2】

说起鲁迅不为人知的一面，最让人感到惊讶的，无疑是鲁迅竟然和张爱玲一样，对甜食有着非比寻常的执着之爱，甚至在每个月领了工资之后，他都要到一家卖法国糕点的店铺，花上一块银元，买上20块糕点。要知道，那时候这个糕点的价格，绝对算得上是精贵了，所以就连鲁迅也只能在每个月发放工资的时候，才会买上一次。

我一直觉得，一个喜欢吃甜食的男人，无论他的外表看起来有多么冷酷，但在内心里一定是充满着阳光与爱的，而且这样的男人，骨子里还应该有着一种甜腻的温柔与浪漫。

早在前文介绍萧红时，我就曾经说过，鲁迅和萧红都比较喜欢一款名为“玫瑰白糖伦教糕”的南方甜点，而这也只是鲁迅所喜欢的众多糕点中的一种，和他那庞大的甜食清单相比，算是冰山一角。

在萧红回忆鲁迅的文章里，还曾提到过鲁迅十分偏爱糖食和小花生，每次当萧红和同学们去鲁迅的家里坐客的时候，鲁迅便会给他们拿出一个大糖盒，里面装着各种甜食和坚果，以供大家在闲聊时享用。

鲁迅曾在《马上日记》一文中，记载过一段有关他吃柿霜糖的故事，有一位河南的朋友给他邮寄了一包柿霜糖，偏爱甜食的鲁迅，自然对这样的美味毫无抵抗力，于是迫不及待地品尝了一些。对于柿霜糖那种甜甜凉凉的口感，他非常喜欢。

当时的鲁迅，嘴上正好生了一些小疮，许广平便对他说，柿霜糖性凉，对治疗他嘴上的小疮很有好处，鲁迅听后，马上将剩下的柿霜糖全部收了起来，留着以后再生疮的时候慢慢食用。可收是收了，等到他半夜睡醒，突然又想起了之前吃柿霜糖时的幸福感觉，于是在床上辗转反侧，无论如何也没有办法忘记那甜甜凉凉、入口甜蜜的感觉，便索性起床又去寻来了吃。

而对于自己的行为，鲁迅则解释说："因为我忽而又以为嘴上生疮的时候究竟不很多，还不如现在趁新鲜吃一点，不料一吃，就又吃了一大半。"

生活中的鲁迅就是这样可爱的一个人，就如他的儿子周海婴说的一般，生活中的鲁迅时而严肃，时而顽皮，时而也为家庭琐事操劳。

而鲁迅的爱吃、爱喝，还曾经成为他被人调侃、攻讦的原因。当时曾有人在报纸上发表过一幅漫画，画上画着一个大大的绍兴酒坛子，而在酒坛子的边上，画着一个蜷缩着的小小的鲁迅形象，此事每每被人提起，都成为一段茶余饭后的笑料。后来，鲁迅到厦门大学任教期间，还曾在写给朋友们的信中评价过厦门当地的饮食情况，他说厦门这地方虽然风景很美，但是食物不好吃，关于"饭菜不好吃"这件事情，他还曾不止一次说过。而这段评价，也让别人在攻讦他时，说这体现了他身上的资产阶级作风。

鲁迅在日本留学期间，比较喜欢的一款点心是羊羹。羊羹虽然叫

“羊羹”，却不是像肉羹一般，而是由豆粉所制。

最早的羊羹起源于中国，是用羊肉来熬制的羹，冷却成冻以佐餐。其后这种食品随禅宗一同传到日本，而众所周知，僧人都是戒食肉类的，所以此食物虽然名为羊羹，实则不然。而经过多年的演变，这种羊羹也变为一种豆制果冻状的食品，之后又和茶道相结合，羊羹也就顺理成章地变成了一道茶点，且有着多种口味，如栗子、抹茶、黑糖等。

周作人曾这样描述羊羹：

虽是豆米的成品，但那优雅的形色，朴素的味道，很合于茶食的资格，如各色的“羊羹”（据上田恭辅氏考据，说是出于中国唐时的羊肝饼），尤有特殊的风味。

后来鲁迅回国之后也常常想起这种茶点，便托人从日本带过来吃，1913年5月2日，鲁迅在日记中记载道：“午后得羽太家寄来羊羹一匣，与同人分食大半。”

鲁迅还很喜欢吃油炸的食品，包括油炸的菜品。如广和居的油炸丸子，就是鲁迅所喜欢的一道名菜。

据说当时在北京生活的那些年里，朱安夫人常常用白薯切片，和以鸡蛋、面粉然后油炸，口感酥脆可口，带着白薯特有的甜香，很讨鲁迅的喜欢。

因为鲁迅非常喜欢吃，后来这个点心还被戏称为“鲁迅饼”。只不过在民国时期，由于这种做法非常家庭化，在餐厅反倒没有出现。

鲁迅还十分喜欢一种名为“小麦铃”的浙江小吃。小麦铃又叫“米筛（篾筛）爬”，中间是空的，长得很像小铃铛，外形甚是好看。

鲁迅第一次吃的小麦铃，还是由著名作家曹聚仁的夫人王春翠所做。当时鲁迅到曹家去做客，心灵手巧的曹夫人便将自己的家乡菜做出来，让鲁迅品尝。鲁迅将满满一碗吃得精光，末了还对着空碗回忆着小麦铃的美味，并对其赞不绝口。

小麦铃好吃，做法却非常简单。先将揉好的面粉摘成一小粒一小粒，然后放在竹筛上，轻轻一摁，摁出来的就是小麦铃。小麦铃通常会和土豆、梅干菜等一起煮着吃，如果有猪肉，可以再加上一些，再配以葱姜等作料，味道更是美味。

各种不同的食材混在一起，可以烹煮出一锅美味的食物，就如我们的人生，每个人都有自己的使命，只要充分发挥出自己的作用，朝着一个目标努力，总能做好天下这一盘菜。

鲁迅生活在一个乱世，乱世出英雄，他是一位为了天下苍生而奋斗的勇士。他的战场虽然不在前线，但他却用自己手中的笔，让自己发光发热。无疑他这份材料，已经物尽其用。所以，他能做出最美味的一道美食。

荤食！画作！——张大千的五味人生

【1】

他被西方艺坛赞为“东方之笔”，他是20世纪中国画坛最具传奇色彩的国画大师，是绘画天才、丹青巨匠，他与齐白石并称为“南张北齐”，他被徐悲鸿称为“五百年来第一人”。无可非议，他在世界画坛上有着不可撼动的地位，可他却这样评价自己：“以艺事而论，我善烹调，当更在画艺之上。”

很多人都知道张大千的画艺非常好，却鲜少有人知道，和他的画艺相比，他的厨艺同样让人惊讶。

可以这样说，张大千，隐藏在画艺之下的另一个身份，便是一个美食家。

张大千不仅爱吃，而且懂吃。爱吃的人有很多，但大部分人也只停留在“会吃”的阶段，想要达到懂吃，却不简单。张大千除了知道每道菜的做法、工序与菜品背后的典故之外，甚至对于在烹饪过程中，所需要用到的材料的优劣，以及到何处去买最优品也了如指掌。

关于这件事情，这里还有一个小故事：

1937年的“七七事变”之后，张大千为了避难不得已开始了逃亡生活。在逃亡过程中，他的一位好友严谷孙给予了他大力的帮助，更是将张大千的家眷都接到自己家中居住，将张大千奉为上宾。

由于离家日久，张大千对家乡的美食小笼粉蒸牛肉甚是想念，于是严谷孙便让家中的仆人到附近的餐馆将这道菜买了回来，但张大千的嘴很刁，无论怎么吃，都不是家乡记忆中的味道。

虽然菜品外观做得不错，却掩饰不了味道上的缺陷。严谷孙随即又让仆人去附近小有名气的餐馆——治德号，买了一份回来。张大千品尝之后，稍稍满意了一些。不过，他认为这道菜品还有瑕疵，菜差了一些火候，于是他让下人再进行一下加工。并提出要在起笼的时候，撒上一些花椒面和辣椒面，而这两种必须是自炕自舂的，然后还得在其中加入香菜来调味。等到菜蒸熟之后，又让人去买有名的“叶锅魁”。这粉蒸牛肉就得用这种椒盐锅魁包着吃，才能吃出原来的香味。

张大千就是这样一位既懂吃又会吃的美食家。

和吕碧城的素食主义不同，张大千算得上是一位肉食美食家。虽不至于顿顿有肉，却格外喜欢吃肉。而说起这道小笼粉蒸牛肉，则是张大千最喜欢的一道家乡菜。

张大千是四川内江人。与张爱玲喜欢的粉蒸肉、荷叶粉蒸肉不同，这道小笼粉蒸牛肉是一道传统的四川名菜。

这道菜的制作十分讲究。首先要选择上好的去筋牛肋条，然后切成片状，放在碗中留着备用；之后将葱姜切碎，将其一起放入盛有牛肋条的碗中，并向其加入甜面酱、豆瓣酱、酱油、料酒、味精、白糖等配料，再加入五香米粉和干淀粉后，搅拌均匀，让各种调味料的味道都渗入牛肋条中，然后再向其中加入花生油搅拌好；将油菜（也可用其他大叶青菜，如白菜等）叶洗净之后，铺在蒸笼下方，将已经入味并包裹好米粉的牛肋条肉片铺在油菜叶上，旺火煮沸，蒸足一个小时，待牛肉已经酥嫩、肉色转白，即可盛出；此时将锅置于火上，烧热油至七分熟，放入葱末翻炒，待爆出葱香后，趁热将热油淋在牛肉上，再在上面撒上花椒粉、辣椒面和生菜，即可食用。

在竹制的小蒸笼上，盛放着肉香浓郁、鲜美诱人的牛肉，周围包裹着熟软的米粉，再搭配上翠绿的几片香菜叶，混合着辣椒粉与花椒粉的麻辣鲜香，这一笼小笼粉蒸牛肉，怎能不让人垂涎欲滴、口舌生津？也难怪尝遍天下美食的张大千，无论走到了哪里，都对家乡的这笼粉蒸牛肉念念不忘了。

张大千一生走南闯北，游历了很多地方，自然尝遍了各地美食，所以，他对美食也有着自己独到的看法。他认为美食就应该“广征博采，自作主张”。百人百口，各有各的喜好，不能一概而论，而是应该按照不同人的喜好，进行不同的选择。

就如他自己，在做菜的时候，对油放置的多少十分讲究。通常要多放，但又不能有浮油，而且他也不喜欢放味精，在张大千看来，放了味精之后，由人工作料调制出来的菜品，就会丧失了材料自身的味道。

作为一名画坛大师，张大千在美食上，也同样注重艺术效果。张大千曾教导他的弟子说：“一个人如果连美食都不懂得欣赏，又哪里能学好艺术呢？”所以，张大千以美食为画，以画论吃。

而在他所做的众多菜品中，最著名的无疑是“大风堂名菜”。这道菜不仅刀工讲究，而且对做菜时的火候也有要求，整道菜品造型奇特，在当时的众多名菜中，可谓独树一帜。而且，这道菜无论从选材的大小还是形状等都有极其严格的要求，以至于在完成之后，整道菜色彩搭配鲜明，犹如一幅精美的画作，让人惊叹。这世上能这样完美地将菜肴与画作相结合的，恐怕也只有集画家与美食家于一身的张大千才能完成。

关于美食可以与艺术相通这点，著名美食顾问兼作家的二毛先生，曾在自己的《民国吃家》一书中，说过这样一段话：“在十多年前，我也曾开过一席‘中国书法宴’。宴席上我将炒勺与笔对应，锅和器皿与宣纸对应，调味料与墨汁对应，食材与题材对应，烹法与技法对应，装盘与装裱对应，火候与章法对应。所以说中国烹饪与书法是相通的，与中国绘画艺术也是相通的。”

说起美食与艺术相通这点，就不得不提一份著名的食单。

那是1981年，还没有彻底摆脱被软禁生涯的张学良，受到了同在台湾的张大千的邀请，于是夫妻二人来到张大千当时居住的摩耶精舍。而当时的那份宴会食单，便被张学良拿了回去，他还把食单精心装裱起来，并在上面特意留下了一块空白的地方。待到次年，邀请张大千在上面题字作画。张大千也不扭捏，便在上面画了白菜、萝卜和菠菜，并给其题名为“吉光兼美”，甚至还在上面赋诗一首。而当时在场的其他几位名家，也纷纷在上面留下了自己的墨宝。1992年，当这件集诗、书、画于一体的家宴食单在华盛顿展览之后，一举轰动了当地的书画界和烹饪界。

谁又能想到，这样一份不起眼的普通食单，竟然会变成一件世间罕有的珍品？也许，当时在场的众多书画名家，也不过是一时技痒，一时兴起，便将自己的墨宝留在这份食单之上，可多年以后，这份独一无二的食单，却成了后世人瞻仰他们风采的写照。

【2】

“永远不要小瞧一个人”，从小到大，对于这句话，我不止一次听过。如果将这句话放在烹饪界，那它就会变成“永远不要小瞧一种食材”，就如路边看似不起眼的野草，也许摇身一变，就会成为餐桌上的一道精美的菜肴。

1941年，张大千带着一家老小来到敦煌，在这里的两年零七个月时间里，他一直潜心研究画作，共临摹壁画270幅。在绘画技法突飞猛进的时候，张大千却也忍受着敦煌的艰苦生活条件。

这里四周都是戈壁，缺少绿洲，远离海洋，想要找到种类丰富的食材并不容易，但这并没有难倒一直对自己优秀的厨艺引以为傲的张大千。为了解决自己的口腹之欲，张大千找遍了当地所能找到的所有食材，除了平常可见的牛、羊、鸡之外，他还找到了山药、榆钱和苜宿，而最让人惊讶的是，他竟然在这里找到了新鲜的蘑菇。要知道，在沙漠里面想要吃到新鲜的食材是一件非常困难的事情，而他竟然找到了蘑菇，这不得不说是一个奇迹。而且，他甚至让这些食材全部发挥出它们最大的水平，并做出一份独属于张大千特色的美食。

他在敦煌还有一份食单，上面记载着这样几道菜品：白煮大块肉、蜜汁火腿、榆钱炒蛋、嫩苜宿炒鸡片、鲜蘑菇炖羊杂、鲍鱼炖鸡、沙丁鱼、鸡丝枣泥山药子。在这些菜品中，苜宿炒鸡片，是典型的张大千就地取材之后的创新菜。

苜宿，最初听到这个名字的时候，怎么也没有办法把它和食材联系在一起，因为我知道它还有另一个比较亲民的名字，叫“三叶草”。说起这个名字，不由会让人想到“四叶草”。有这样一个传说，如果你能够在“三叶草”中，找到一株带有四片叶子的草，那么你将会获得幸福，而你对着这株“四叶草”所许下的愿望，也一定会实现。

虽然事情已经过去很多年，但至今高考前一天所发生的事情，还深深印在我的脑海里。那天学校组织拍毕业留念的照片，因为我在九班，一时半会儿也轮不到我们，为了让我们放松心情，班主任便对我们提起了有关“四叶草”的传说，于是班里的很多同学都蹲在草丛边寻找那株“四叶草”。

传说是真是假，我并不清楚，但那一天，却是我第一次正眼看这些长在花丛角落中的不起眼的小草。从没想到，这样不起眼的一株小草，竟然有这样一个美丽的名字。

而这小小的、毫不起眼的苜宿，在张大千生活在敦煌的那两年多的时间里，竟然成了他和家人的餐桌上必不可少的一道美味佳肴。

张大千在一次偶然的情况下，发现这嫩苜宿十分鲜香，和家乡的豌豆苗有些像，而在他的家乡有一道豌豆苗炒鸡丝，于是张大千便大胆使用苜宿，制作出一道全新的菜肴——嫩苜宿炒鸡片。值得注意的是，张大千在做这道菜的时候，所选用的是鸡胸脯肉——鸡胸脯肉的肉质鲜嫩，而且富含大量的蛋白质。

苜宿可以凉拌，可以炒着吃，也可以和肉类搭配着一起食用。据二毛先生《民国吃家》中所说，在上海还有一道名菜叫“生煸草头”，而这里的草头所指的就是苜宿。

能够想到用苜宿做食材，对张大千和当地人来说，并没有什么可惊讶的，毕竟在一些北方地区，苜宿是有被食用的先例的。

但在敦煌能够食用鲜蘑菇，张大千的确值得当地人对他竖起大拇指了。当年，在张大千居住地的附近，有一片杨树林，每年到了7月份，在这些树的下面都会长出一些小蘑菇来，如果每天去采摘，都可以摘一盘。张大千便用摘来的蘑菇，再搭配羊杂一起，做成香喷喷的鲜蘑菇炖羊杂。

后来，张大千在离开敦煌之前，送给了时任敦煌艺术研究所所长的常书鸿一份“大礼”，而这份大礼便是一张画着野生蘑菇生长地点的秘密地图。地图上不仅标记了采摘路线，而且还将最佳采摘时间和长势最好的蘑菇地点，也都标记了出来。收到这张地图的常书鸿非常感动，这样一张地图，对生活条件艰苦的敦煌工作人员来说，无疑是一份非常宝贵的“大礼”。有了它，再也不用担心吃不到新鲜的蘑菇了！

除了上面所提过的这些菜品之外，张大千在后来的很多宴客食单上，都曾出现过一道名为“六一丝”的菜品。这道菜是张大千61岁生辰，在日本东京开画展时，东京四川饭店的名厨陈建民为他发明的。菜品制作起来很简单，就是用六种蔬菜，外加火腿丝一起烹饪而成。

简单来说，其实就是六素一荤。至于那六种素菜，分别是绿豆芽、玉兰苞、金针菇、韭菜黄、芹白、香菜梗。这道菜我们也可以用很多其他食材来替换，毕竟美食当前，能够品尝，本身就是为了一种享受，再加上百口百味，并不能一概而论，所以最好还是你喜欢什么，就随便换成什么吧。

食色！欲望！——郁达夫的挥酒人生

【1】

我想，在青春年少时，我们总会对一些所谓的“未解之谜”甚是感兴趣。比如外星人是否真的来过地球，埃及金字塔的诅咒，百慕大三角的秘密……当然，也一定有很多人和我一样，最初对郁达夫感兴趣，不是因为他的散文或小说，而是在他死后，给世人留下的未解之谜。

1945年，郁达夫被日军秘密杀害于苏门答腊丛林，至今他的尸骨仍未被人找到。他的尸骨究竟埋藏于何方？这仍是一个未解之谜，没有人知道真正的答案。

我们只知道，那一天晚上，郁达夫出去之后，便就此失踪，一去无返；只知道，这位被迫害的人，是一位因为抗日救国而殉难的爱国主义作家；只知道，他笔下的文字是那样生动、富有情感……

郁达夫，出生于浙江富阳，富春江两岸的清翠山色，养就了他放浪不羁的性格。他喜好喝酒，对于嗜酒成性这件事情，他颇为自豪，为此还曾写就诗句“大醉三千日，微醺又十年”。但事实上，他虽然嗜酒，大多数时候都是有节制的，很少醉得失态。不仅如此，郁达夫往往在饮酒之后，会更加文思泉涌，佳作不断。

喜好喝酒的人，很容易就会在酒桌上成为朋友，而对于本就在文学上有着共同语言的鲁迅和郁达夫二人来说，在酒桌上就更能聊到一起了。因此，一来二去，这二人就自然而然成了最好的酒友。

在鲁迅的日记中，郁达夫与他喝酒的记载，出现的次数最多。同样，在郁达夫的日记里，与鲁迅喝酒，也成了日记中的常见内容。“中午请鲁迅等在六合居吃饭。”“午后打了四圈牌，想睡睡不着，就找鲁迅聊天。他送我一瓶绍酒，金黄色，有八九年光景。改天找一个好日子，弄几盘好菜来喝。”足见这二人无论是在私下里，还是在酒桌上的关系，都是非常不错的。

在郁达夫的《杨梅烧酒》中，他曾塑造了“我”这个饱受颠沛流离之苦的文人，而“我”曾喝过一种比较别致的果酒，就是杨梅烧酒。郁达夫的一生，游走过很多地方，也喝过很多种酒，却唯独对这种浙江特产的杨梅烧酒念念不忘。

这种酒，酒香浓郁、醇厚，在酒香之中，蕴含着杨梅果香，清冽中带着一丝甜美，是不错的开胃解暑、提神祛寒的酒中佳品。

我虽没有喝过杨梅烧酒，但几年前去乌镇旅游时，我曾在当地买过一种青梅酒。酒瓶很精致，只有10厘米左右的高度，很小的一只透明玻璃瓶中，装着淡淡的黄绿色果酒。打开瓶盖的瞬间，鼻翼便被那扑鼻而来的馨香醇美所包裹，只轻轻尝了一口，就觉得舌尖处有着清冽的甘甜，而整个口腔中，都充斥着淡淡的青梅果的味道。

因为是旅游景点的原因，那一小瓶酒就花了大概20块。当时自己还是穷学生，身上也没有多少钱，便只买了一瓶。后来将酒拿回宿舍，舍友们都很喜欢，只不过，每人只尝了一小口，一小瓶酒就见了底，还因此被舍友们埋怨“小气”，竟然没有再买一瓶，让她们喝得过瘾一些。

对于我们女孩子来说，喝酒不过就是为了凑趣尝鲜，而对于郁达夫来说，饮酒是为了享受。有了美酒，又岂能没有下酒菜？

郁达夫的常见下酒菜有油余花生米、松花皮蛋、“肉燕”等，除了这些，他还对富春江里的那些河鲜甚是喜爱，如鳝丝、鳝糊、甲鱼炖火腿等，都是他餐桌上的常见菜品。郁达夫生就了一副好胃口，他的夫人王映霞曾说，郁达夫“一餐可以吃一斤重的甲鱼或一只童子鸡”。

由于郁达夫患有肺结核，为了舒缓病情，身为夫人的王映霞，便每餐都会给他做一些对身体有益的食物，如鸡汤、甲鱼等，而这其中，最得郁达夫喜欢，且又最费心思的美味，便是这道甲鱼炖火腿。

甲鱼炖火腿属于徽菜，在制作这道菜前，应该先将甲鱼头引出，然后宰杀放血；等到血水流干净之后，将其放入热水中浸烫片刻；然后将甲鱼从热水中拿出，剥去皮膜，再用刀沿着甲鱼壳四周划开，掀开甲盖后，去掉内脏、脚爪和尾部；洗净后剁成条状，放入滚开的沸水中，煮至水再一次开时捞出，放入清水中，再清洗一次。

将肥瘦相连的火腿切成4大块，然后将火腿骨洗净晾干；取一只砂锅，先将甲鱼块整齐地放入砂锅中，然后将姜拍松、葱打结，与火腿骨和火腿块一起放入砂锅中，再加入清汤和料酒；盖好锅盖，用大火煮沸，期间要记得撇去上面的浮沫，之后向锅中加入冰糖，改用小火炖一个小时左右；取出锅中的葱姜和火腿骨不要，将火腿块取出后切成片状，再重新放入锅中，加入少许盐、胡椒粉、香油等调味料，即可出锅。

甲鱼炖火腿，味道鲜香，甲鱼肉质鲜嫩可口，汤汁更是鲜浓诱人。整道菜品吃下来，不仅能够“补劳伤，壮阳气，大补阴之不足”，还能降低血胆固醇，对高血压、冠心病患者有疗效，对肺结核、贫血和体质虚弱等多种病症，也都有一定益处。

这道菜为炖菜，在烹饪级别中为高级别，王映霞能够将这道菜品做得可口，得到郁达夫的称赞实属不易。要知道最初王映霞可是十指不沾阳春水的千金小姐，在遇到郁达夫之前，她是公认的“杭州第一美人”。白皙的皮肤、丰美的姿容，只一眼，就让这位才子深深爱上了她，从此对她展开了爱情攻势。

两个人的爱情，滋润着他们的生活，甜蜜与幸福的时光，让他们沉醉。虽然他当时已经32岁，并有过一段婚姻，而她只有20岁，但这并不影响这二人的情感交融。

郁达夫和王映霞的爱情故事，成为一时的佳话。当时柳亚子还曾赠诗给郁达夫，其中的“富春江上神仙侣”更是对他们夫妻俩由衷的赞美之词。

奈何，再完美的爱情，也终究敌不过柴米油盐；再美好的生活，也终究会在欲望中走向灭亡。1940年，这段曾让世人羡慕的神仙眷侣，最终各奔天涯，从此桥归桥、路归路，而关于他们二人之间发生的爱恨情仇，也闹得世人皆知。

【2】

郁达夫在福州生活了三年，这一千多个日夜，便足以令他深深爱上这里的美食。在他所创作的《饮食男女在福州》一文中，他将福州大大小小的美食收录其中，每每读来，都会令人对其中所记载的美食流口水。看了这篇文章，我对郁达夫“吃货”的身份，是妥妥地相信了。如果不是一个热爱美食的资深“吃货”，又怎么会将美食的点滴记录得这般详尽，如数家珍？

在《饮食男女在福州》中，郁达夫说：

福建菜的所以会这样著名，……第一，当然是由于天然物产的富足。福建全省，东南并海，西北多山，所以山珍海味，一例的都贱如泥沙。听说沿海的居民，不必忧虑饥饿，大海潮回，只消上海滨去走走，就可以拾一篮海货来充作食品。又加以地气温暖，土质腴厚，森林蔬菜，随处都可以培植，随时都可以采撷。一年四季，笋类菜类，常是不断；野菜的味道，吃起来又比别处的来得鲜甜。

闽菜本来就以做山珍海味而著称于世，比如著名的闽菜“佛跳墙”，里面放了鲍鱼、刺参、鹿筋、鸽蛋、猪肚头、木耳、花菇等等，包括天上飞的、海里游的和陆地上跑的几十种材料，精心煨制而成，真乃人间绝品。

郁达夫喜欢河鲜，同样也喜欢海鲜，他尤其对牡蛎十分偏爱，曾说：“福州的海味，在春三二月间，最流行而最肥美的，要算来自长乐的蚌肉，与海滨一带多有的蛎房。”

从这段话，便能看出他曾吃过很多地方的牡蛎，足见他是真的很喜欢这种食物。

牡蛎和其他海味一样，吃起来有些腥，却非常鲜美。我的大学在烟台，出了校门便是海，所以每次退潮后，总能看到很多当地的居民，在海边用小铲子撬附着在礁石上的牡蛎。有时好奇，也想去捡上一些，但一想到那有些呛人的腥味，我便望而却步了。虽然我很喜欢吃海鲜，也能接受海鲜里的腥味，但对于生海鲜上所散发出来的味道，还是有些无法接受。

不过，听朋友说，如果在烹饪的过程中烹饪得当，不仅能够保证海鲜原有的鲜美，还能适当去掉腥味。

比较得郁达夫喜爱的牡蛎做法，一个是鸡蓉蛎糊，一个是软煎牡蛎。前者在成菜后，味道鲜美，口感嫩滑；而后者则更加鲜美醇香，是不错的下酒菜。

除了牡蛎之外，郁达夫还喜欢吃蚌肉，甚至将蚌肉称为“神品”。只不过，他一直将自己所吃的蚌肉，当成了一种名为“西施舌”的美食，但事实上，却是他弄错了。也难怪他会弄错，因为有很多人都将一些其他种类的蚌当成了西施舌。

面对美食，郁达夫曾写道：“我这一回赶上福州，正及蚌肉上市的时候，所以红烧白煮，吃尽了几百个蚌，总算也是此生的豪举，特笔记此，聊志口福。”

而对于郁达夫的这种大吃特吃的做法，著名美食家梁实秋先生是表示不齿的。他认为，西施舌味道鲜美，肉质细滑而白皙，且名字也十分美妙，这样的美食，应该有更加精细的烹煮方法，比如清汤汆煮。如果用油锅炸食，或者煎着吃，实在是太暴殄天物了。不仅将海鲜原本的鲜味弄没了，还让西施舌原本的滑嫩白皙也消失殆尽，实在是“唐突了佳人”。

在现代，更多的人推崇梁实秋的这种吃法，所以，有关西施舌最常见的做法，便是做汤。

在前面郁达夫比较喜欢的下酒菜里，我提到了“肉燕”这种吃食。关于肉燕的原料，郁达夫曾对其进行过详细描述：“一两位壮强的男子，拿了木锥，只在对着砧上的一大块猪肉，一下一下死劲地敲。把猪肉这样的乱敲乱打，究竟算什么回事？我每次看见，总觉得奇怪；后来向福州的朋友一打听，才知道这就是制肉燕的原料了。”

在做完了上面的捶肉工序之后，还要将肉泥中和入地瓜粉，制成皮子，之后，像包馄饨一样，将各种馅料放进去，然后从中间合拢，弯曲成长春花形，再放入笼屉中蒸熟，即可食用。

肉燕又被称为太平燕，是福州的一道著名的汉族风味小吃，同时也是福州风俗中的喜庆名菜。现如今，每逢过年过节、婚丧嫁娶等日子，当地的福州百姓，必然会吃“太平燕”，以求得“太平”“平安”之意。

无论是富阳的下酒菜，还是福州的小吃与大餐，都是郁达夫一生念念不忘的家乡味道。当他为了抗日战争而离开祖国、在新加坡和苏门答腊进行战斗时，那记忆中的味道，定然会时常浮现在他的梦中提醒他，只有国家富强了，只有敌人被赶走了，他才能再一次坐在家里，安稳地吃着那些让他魂牵梦绕的舌尖上的美食。

韵味！胡同！——老舍的京味飘香

【1】

他说，在他死后，要在墓碑上刻下“文艺界尽职的小卒，睡在这里”这样一句话。在他死后多年，这个愿望终于实现了。这位“文艺界的小卒”如果不是太早离开了人世，那么1968年的诺贝尔文学奖获得者或许就花落他家。

可惜，这世上没有如果。1966年，饱受迫害的老舍，终究还是毅然选择了沉于湖底，用自己的沉默，向这个世界提出了控诉。

他叫舒庆春，也叫老舍。

老舍是个地地道道的北京人，生于斯长于斯。在他的身上，有着浓浓的北京味儿。他出生于满族正红旗，但幼年时家庭却十分贫困。在八国联军攻入北京城的时候，他的父亲就牺牲了，他是靠着母亲替人洗衣做饭赚来的钱，一点一点长大的。

自小就在北京的胡同里穿梭，老舍对他所生活的这片土地的情况十分了解。北京人和善，再加上大家都生活在老北京的四合院和胡同里，彼此之间的关系也都十分融洽。每天闲来无事时，三五个人凑在一起喝茶、玩牌，似乎已经成了老舍记忆中的模样。

老舍从小就在老北京人浓郁的北京味儿下长大，他对这片家乡的土地十分热爱，同时，这里的美食与小吃，也成了老舍记忆中最无法割舍的一部分。

在学术界里有这样一句话，“要研究老舍，先要能喝豆汁”，虽然这句话中有一些玩笑的成分，却不难看出，在老舍的生命中，这一碗豆汁，占据着很大的分量。老舍自己也曾开玩笑说，他长了一个“喝豆汁儿的脑袋”。

豆汁，现如今也很受北京城中老百姓的喜欢，就连很多外国朋友，也已经爱上了豆汁。而在老舍那个年代，很多穷人家的孩子，都是靠着这一碗不起眼的豆汁养大的。所以说，在一定程度上，这一碗黄绿色的汁水，几乎已经成了老北京城的象征。

豆汁的历史悠久，据说早在辽宋时期，就已经在北京地区盛行，而到了清朝乾隆年间，更是成了宫廷饮料。

豆汁以绿豆为原料，经过烫豆、磨豆、淀粉分离和发酵等一系列复杂工序之后才能获得。豆汁的口味微酸，不爱喝的人，觉得那是酸臭，而喜欢喝的人，则说这豆汁带着股子酸香。正如“一千个人眼中，有一千个哈姆雷特”一般，不能一概而论，只有亲自尝过，才能体会这豆汁的特别味道。虽然豆汁其貌不扬，却富含蛋白质、维生素C、纤维素和糖等多种对身体有益的物质，并且还具有养胃、解毒和清火的功效。

在喝豆汁的时候，如果没什么能一起搭配着吃，那又怎么能吃出地道的北京味儿来？在过去的卖豆汁的摊子上，小贩总会在一口铜锅里用小火熬着豆汁，然后在豆汁摊上备着辣咸菜丝、烧饼、焦圈等物。这咸菜丝要切得极细，焦圈也要炸得酥脆。

老舍对豆汁有着偏爱，而著名学者梁实秋也同样喜欢喝豆汁，他说，在喝豆汁的时候，“只能吸溜着喝，越喝越烫，最后直到满头大汗”。就连梅兰芳家的人，也非常喜欢豆汁。据说有一段时间，他们家人每到下午就会从外面端一锅的豆汁，然后全家大小坐在一起，一人一碗喝豆汁，一派和乐。

除了豆汁，老舍还比较喜欢喝茶。很多北京人都喜欢花茶，老舍先生也不例外。在作品《吃莲花的》中曾提到过“喝点莲花白”，这里的莲花白，可不是现在我们吃的大头菜，而是指莲花茶。

莲花茶以莲花为原料，将还未现花蕾的莲花采摘下来后，经过工艺加工而成。莲花茶有清火、解毒、美容养颜和镇定心神等作用，对改善身体机能、强化体质、促进新陈代谢、防癌、抗癌等方面，也有很大帮助。在用开水冲泡之后，会溢出清新的莲花香气，淡雅别致。

如果在冲泡时采用玻璃杯，还能看到莲花在水中摇曳生姿、缓缓打开花瓣，犹如清晨染着朝露的莲花，在湖面上一点点迎光绽放一般，甚是迷人。而喝到最后，花瓣也可以食用，莲花瓣洁白如玉，入口甘甜，令人唇齿留香。

老舍先生为人友善、好客，身边有很多朋友。平日里朋友们聚会，没钱请客吃饭的时候，就烤几罐土茶，一群人一起围着炭火，一边叙旧，一边喝茶，真正是“寒夜客来茶当酒”。

老舍和冰心是至交好友，他经常会去冰心家拜访，每次一进门就会大声喊：“客人来了，茶泡好了没有？”

关于老舍先生喝茶，这里还有一件趣事。

中国人爱喝茶这件事情，在世界上都是比较著名的，所以当老舍到莫斯科去开会时，当地的友人特意为老舍准备了一个热水壶，让他来泡茶。然而，让老舍怎么也没有想到的是，他这杯茶才刚泡好，还没喝上几口，就被服务员给倒了。第一次遇到这样情况的老舍先生，顿感郁闷不已。其实，那位服务员并没有恶意，之所以会出现这样的情况，是因为东西方文化的差异。西方人在喝茶的时候是按“顿”的，如早茶、下午茶，而中国人喝茶都是一天喝到晚。

老舍先生喜欢一边写作，一边喝茶。无论是在北京还是在重庆，他的文字从没有离开过他，同样，茶也一直陪伴着他。写作和饮茶这两件事，已经成了老舍先生生命中不可分割的部分。

在《吃莲花的》中，除了提到莲花茶之外，还说了一种名叫“炸莲瓣”的济南小吃。清晨泛舟大明湖上，迎着朝阳，在莲花从中穿梭，采摘含苞欲放的白莲花。将内层的花瓣取出，洗净之后，平铺在案板上，在上面抹上一层豆沙馅儿，再将花瓣对折，放入由鸡蛋和面粉混合之后形成的面粉糊中，然后再逐一放入已经烧至七成热的香油锅中炸至金黄色，就可以捞出装盘了。食用时若是撒上一些白糖，味道更佳。炸莲瓣外酥内软，口感香甜，轻嗅有一股淡淡的莲花清香。

在美丽的夏日午后，一边欣赏大明湖上的美丽莲花，一边品尝着带有济南特色风味的炸莲瓣，真是一种不错的享受。若是吃得不过瘾，还可以走上几条巷子，去到不远处的芙蓉街，从这头走到那头，来自全国各地的各色美食，都在你面前任你挑选，这时候恐怕你会恼恨自己的胃太小，装不下整个天下的美食。

【2】

老舍先生一生中大部分时间都生活在北京，作为地道的老北京人，对于这里的美食和小吃，他十分了解。单看他在《茶馆》《骆驼祥子》《四世同堂》这些作品里所列出的美食，都能成为一份北京美食单。涮羊肉、硬面馍馍、香片茶、豆汁、卤煮豆腐……若说他没有对北京的美食进行过一番研究，那我是不相信的。

说起老舍先生喜爱的吃食，那不得不说一说北京的糕点“京八件”。早在清朝时，这可是御膳房研制出的宫廷糕点，专供王宫贵族们在节庆日子里互相馈赠或食用，后来逐渐流传至民间，又经过一番改良，才形成了以枣泥、青梅、葡萄干、玫瑰、豆沙、白糖、香蕉和椒盐等八种原料为馅料的八种口味的糕点。整体来说，每种糕点的做法考究，外观精致，口感多变。

“京八件”在北京可谓十分著名，尤其是“稻香村”的“京八件”更是很多国内外游客选购特产时的首选，毕竟是老字号的糕点，口味纯正，香气四溢。无论是在畅游故宫、颐和园时，还是在登长城的过程中，都可以随手拿出一块糕点，既能享受美食，又能管饱，岂不妙哉？

除了这“京八件”深得国内外朋友的喜欢之外，北京最著名的美食要数北京烤鸭了。目前，北京最著名的烤鸭店是全聚德。这家店历史悠久，是中华老字号。在北京全聚德的总店里，至今还保留着老舍、梅兰芳和巴金一起围坐在桌边吃烤鸭的蜡像。关于那次的宴请，是老舍做东，他给巴金写了一张便条，“巴金兄：明天中午在全聚德请您吃烤鸭，有梅博士及王瑶卿老人等，务请赏光，祝安！”

烤鸭在以前也是宫廷食品，据说，在明初的时候，普通老百姓很喜欢吃南京板鸭，而当时的皇帝朱元璋更是“日食烤鸭一只”，这在由张庭和徐峥主演的电视剧《穿越时空的爱恋》里就有演过，那里面张庭扮演的“小玩子”所做的烤鸭，甚得朱元璋的喜欢。再之后，明成祖将都城迁到北京之后，很多当时的南京烤鸭高手也被带到了北京。

经过时代的发展，在1864年，“全聚德”烤鸭店挂牌开业，而由其所推出的烤鸭，不仅抢占了很大的市场份额，而且还能做到香飘万里，使得“北京烤鸭”取代了当时市面上的其他烤鸭。

和一般的烤鸭不同，北京烤鸭用料讲究，采用的是优质的肉食北京鸭。鸭子在果木炭火的烘烤下，呈现出红润诱人的色泽，香气四散，沁人心脾。烤鸭外皮酥脆，肉质鲜嫩，肥而不腻。一块香脆的鸭皮，搭配几块滑嫩的鸭肉、酥脆的黄瓜条、萝卜条和葱条一起，再裹上一层薄面饼，抹上甜面酱，咬一口，满口醇香，回味无穷。

我个人很喜欢吃北京烤鸭，每一次到北京出差或旅行，都会想办法去全聚德吃一次或者干脆打包买走。没办法，因为在其他城市所吃到的“北京烤鸭”都不太正宗，不是肉质不够鲜美，就是鸭子本身处理得不够好，带着一股腥味。

老舍除了喜欢吃全聚德的烤鸭外，还比较喜欢一家名为“仿膳”的店。这家店的老板是曾在清宫的御膳房当过差的赵氏父子，而这里的厨师也都是来自清宫御膳房，做的菜品都是仿制御膳房的菜色，因此取名为仿膳。

老舍最喜欢的便是这家店的肉末烧饼。据说，慈禧对这肉末烧饼也甚为喜爱，而起因竟是因为一场梦。有一天慈禧在梦中吃到了一种夹肉末的烧饼，觉得很好吃，醒来后也一直对梦中的味道念念不忘，恰好在第二天，御膳房送上来这种烧饼，于是慈禧非常高兴，从此爱上了肉末烧饼。

肉末烧饼的历史悠久，咸甜适口，烧饼外焦里酥，肉末肥腻适中，在最外层撒着一层芝麻，老舍将其形容为“焦黄的芝麻像是些吃饱的蚊子肚儿”。可见其文风中的俏皮与幽默，以及对这肉末烧饼的喜爱。

说完了餐馆中的山珍海味，咱们接下来换家常菜。对于北京人来说，芥末墩儿这道菜，绝对是每年、每家每户都会吃的一道凉菜。它清爽利口、酥脆酸辣，简单点形容就是“够味儿”！

这道芥末墩儿可是老舍家里的名菜，凡是来老舍先生家里做客的朋友，必点的就是这道“芥末墩儿”。芥末墩儿的名字听起来有趣，很有北京范儿，但其实它的原材料再简单不过了，就是一棵普通的大白菜。

在制作的时候，首先要将白菜老帮去掉，然后从白菜根部往上大概5厘米左右的地方切开，只留下白菜下半截，也就是菜墩儿部分；将菜墩放在漏勺中，从上往下浇沸水，大概4~5次即可，切记不可将菜墩烫得太熟；然后把菜墩码在瓦盆中，每放入一次菜墩，就在上面撒一层白糖，然后再抹一层芥末，之后再放一层菜墩，再撒白糖，抹芥末，直到将瓦盆装满，最后再在上面撒一些白醋；将瓦盆口密封，用棉被包好，捂严实，放置两三天即可食用。

老舍和胡絜青刚结婚的第一年，在临近新年之际，老舍先生向妻子表示想吃“芥末墩儿”，胡絜青自然不会拒绝，便答应要给他做。可心里却有点郁闷，在嫁人以前虽然年年过年的时候都会吃芥末墩儿，但自己从来都没有亲手做过。这究竟要怎么做?

虽然心里没有底，但她还是麻利地将大白菜、芥末、白糖、米醋以及瓦盆等买来了。虽然东西准备得很齐全，可芥末墩儿做起来并没有想象中的简单，胡絜青一共失败了三次，不是这里出问题，就是那里弄不好。身边的老舍看着接连失败的妻子，忙说道：“没关系，没关系，事不过三，第四次准成。”

没想到，这还真让他说中了。在总结了前几次的失败经验之后，胡絜青的第四次实验终于成功了，而且做出来的芥末墩儿还非常美味。许多朋友来到老舍这里，就专门点这道芥末墩儿来吃。

据老舍之子舒乙说，通常一盘芥末墩儿刚刚端上桌，只一眨眼的功夫，就被大家吃到了肚子里。如果动作慢了，没吃到多少，还会抱着碗盘，喝上几口原汤，口中不停念叨着“美哉！”

小小一盘芥末墩儿，看似不起眼，其中却包含了胡絜青对老舍满满的爱。因为只有爱才能战胜一次又一次的失败，也只有爱，才能做出如此有爱又用心的美食。

甜辣！生活！——沈从文的湘西情谊

【1】

湘西，一个充满神秘色彩的地方。提起这两个字，首先想到的便是“湘西赶尸”和“苗毒蛊虫”。也许真的是小时候奇奇怪怪的电视剧或者武侠小说看得太多，脑海里对这片神奇的土地充满了好奇。

神秘而古老的地方，注定会造就奇才，所以当沈从文带着他一部又一部让人惊艳的小说作品走向大众时，大家除了最初的震惊之外，更多的则是对他的认同。因为，对于一位能够写出“生存真是一种可怜的事情”这样一句话的人，没有人会怀疑他的才子身份。

湘西，是沈从文的故乡，这里不仅孕育了沈从文的生命，而且也给了他创作的源泉。他的作品中，有太多记忆中的湘西故事。透过纸上的文字，我们似乎对他和他的故乡都有了更深的了解。

对于我来说，除了关注他的作品所表述的情感和意义之外，还会额外关注在他作品中所描写的湘西美食。虽然沈从文先生在平日里的衣食住行和普通人没什么区别，甚至在饮食方面，所追求的也是平淡，但并不代表，他对吃食就没有执着。要我说，他的作品字里行间，都透着他对故乡深深的思念和对故乡美食的渴望与眷恋。

在小说《边城》中就有这样一段描写：

小饭店门前长案上，常有煎得焦黄的鲤鱼豆腐，身上装饰了红辣椒丝，卧在浅口钵头里，钵旁大竹筒中插着大把红筷子，不拘谁个愿意花点钱，这人就可以傍了门前长案坐下来，抽出一双筷子到手上，那边一个眉毛扯得极细脸上擦了白粉的妇人就走过来问："大哥，副爷，要甜酒？要烧酒？"男子火焰高一点的，谐趣的，对内掌柜有点意思的，必装成生气似的说："吃甜酒？又不是小孩子，还问人吃甜酒！"那么，酽冽的烧酒，从大瓮里用竹筒舀出，倒进土碗里，即刻就来到身边案桌上了。

虽然这道鲤鱼豆腐在《边城》中，仅是惊鸿一瞥，并没有详细交代烹调方式，但我们却不难看出，沈从文对这道美食是有着深深的情谊的。

众所周知，因为地理位置的关系，这里的气候温和、湿润，像极了四川，所以湘菜和川菜在一定程度上，都以辣而闻名。

想要做这道鲤鱼豆腐倒是不难，首先在已经去掉鱼鳞的鱼背上划几刀，将豆腐切成大小均匀的豆腐块；然后将豆腐和鱼依次下锅，分别煎至焦黄再取出；将准备好的葱切成段，蒜拍裂、姜和辣椒切成片，下油锅爆出香味，即可将鱼和豆腐一起放入锅中，加水，中火焖煮；最后小火收汁，装盘后，将切好的辣椒丝摆在上面做装饰，即可食用。

鲜嫩可口的鲤鱼肉，搭配爽滑细腻的白豆腐，再加上香浓汤汁和脆辣鲜红的辣椒丝，无一不在刺激食用者的味蕾，这样一锅香喷喷的鲤鱼豆腐摆在眼前，又怎能不引人食指大动，再多吃上一碗米饭？

一边吃着香浓可口的鲤鱼豆腐，一边饮上一杯小酒，美妙的生活，也不过如此简单即可获得。

说到酒，上面的那段文字中的“吃甜酒？又不是小孩子，还问人吃甜酒！”提到了甜酒。沈从文是十分喜欢饮甜酒的，他喝的甜酒是湘西老家酿制的糯米甜酒。

糯米甜酒并不是普通意义上的酒，而是一种米酒小吃。糯米甜酒味道如蜜，并带有酒的香气。因其本身就带有酒精，不宜一次性食用过多。这种糯米甜酒本身含有丰富的营养，且口感极佳，风味独特，因此成了农家妇女坐月子时的必饮酒浆。不仅可以为产妇补身体，还能让奶水充足且带有香甜的味道。如果将其密封于坛中，经过一段时间的发酵后，待酒液黏连成丝时，再取出来食用，味道会比蜜还要甜，且香味也更加浓厚。

说到甜酒，这里还有一个关于沈从文和张兆和的小故事：当年沈从文和妻子张兆和的爱情故事可谓轰动，而就在他们二人的情感已经发展到谈婚论嫁的地步时，激动不已的沈从文，曾给张兆和的二姐写过一封信，托她帮忙向张兆和的父亲咨询一下意见，“如爸爸同意，就早点让我知道，让我这个乡下人喝杯甜酒吧。”

除了喜欢饮甜酒之外，沈从文还喜欢吃糖，关于这点，在聂华苓女士的《怀念梁实秋先生》中有这样一段记载：

我发现沈先生很少吃菜。他说他平时只吃面条，吃很多糖。

我问：“为什么吃那么多糖呢？对您身体不好呀！”

沈先生笑眯眯地说：“因为我以前爱上一个糖坊的姑娘，没有成，从此我就爱吃糖。”

爱屋及乌，因为爱着一个糖坊姑娘，所以便爱上了糖。但可惜的是，爱而不得，从此对糖坊姑娘的爱，就变成了对糖的执着之爱。

不得不说，这是一个美丽的爱情故事，但同时也是一个悲伤的爱情故事。

在青葱年少时的爱恋是美好的，所以沈从文才会将自己对糖坊姑娘的爱，记了一辈子。但也正是因为那时的爱很清纯，不掺杂任何杂质，所以青春时的懵懂爱情，大多数都会无疾而终。

我们不知道为何那对年轻的有情人没有走到尽头，但我们却知道，糖坊姑娘手工制作的麦芽糖，伴随了沈从文此后的人生。

在那个时代，香脆的麦芽糖无疑是每个孩童最喜欢的小零食。舌尖上的丝丝甜意，填满了无数青年与少年的记忆，甜美的香气在沈从文的心头，久久不曾散去。

他忘不了和糖坊姑娘一起制作麦芽糖时的欢乐，忘不了那段美好的幸福时光。每次舌尖触碰到凉凉的麦芽糖时，他们一起在日出时制作麦芽糖的过往，便会浮上心头……

每到麦子收割的季节，糖坊姑娘便会将精挑细选出来的小麦浸泡后捞出，放到箩筐里，每天用水淋湿，经过几天长出麦芽后，再将麦芽取下切碎备用；然后将洗净之后的糯米倒入锅中焖熟，和切碎的麦芽一起搅拌均匀，发酵三四个小时的时间，直到有汁液渗出；过滤出汁液，用大火煎熬成糊状，冷却后便可以得到好吃又香甜的麦芽糖。

【2】

在沈从文的《三三》里，有这样一段描写：

三三看着母亲用刀剖鱼，掏出白色的鱼脬来，就放到地下用脚去踹，发声如放一枚小爆仗，听来十分快乐。鱼洗好了，揉了些盐，三三就忙取麻线来把鱼穿好，挂到太阳下去晒。到有客时，这些干鱼同辣子炒在一个碗里待客……

身为湖南人的沈从文自然是喜欢吃辣的，所以在他的作品中，我们也能看出这一点。辣椒炒干鱼，我自己也曾做过这道菜。大部分人喜欢用青椒，而我喜欢用干辣椒，将小鱼干洗净，沥干备用，然后用油锅将葱、姜和干辣椒爆香，再将小干鱼下锅，一起爆炒，适当加入一些调味品，等到鱼香扑鼻而出时，就可以出锅了。

我这样先将干辣椒下锅爆香的做法，使得小鱼干的辣味更强烈，鱼干甘香，辣道致远。吃上一口，就能感受到口腔中那火辣的“热情”，这就是我追求的味道。不仅如此，在寒冷的冬季，还能驱走严寒，甚至能够吃出汗意。当然，不同人有不同人的追求，所以在烹调的时候，完全可以根据自己的情况，适当调整。

不过，我这点辣如果和沈从文先生相比，那绝对就是“关公面前耍大刀，鲁班门前抡大斧”了。

漂泊在外的游子，总是会思念起家乡的亲人和独属于家乡的味道。多次远离故乡的沈从文，自然也不例外。所以，“每逢佳节倍思亲”的沈从文，总是会在想念起故乡时，寻一处小馆子，点上几盘独属于家乡味道的美食。

沈从文十分能吃辣，而这辣同时也代表了他的故乡味。所以，他的饭桌上，总是少不了那一盘最简单的干炒辣椒。

干炒辣椒这道菜，再简单不过。但就是这样一道简单的菜品，每每在餐馆尝到，都会让沈从文从心底感到一阵悲伤。因为，那都不是故乡的味道。家乡菜、故乡味，从来都不是山珍海味所能比拟的。它们分明是再普通不过的菜品、再平淡不过的味道，却因为承载着满满的故乡情，而为菜品本身平添了一种情谊，一种独属于家乡的味道。

关于这一点，我也曾有过深刻的体会。几年前读大学的时候，我作为学校的交换生，去俄罗斯学习了一段时间。一个女孩子，来到人生地不熟、语言又相对陌生的环境里，想要快速适应这里的生活，都已经很有难度，更不用说活得滋润了。但又有什么办法呢？我不能就那样回来。

吃惯了学校食堂的米饭和菜，到了俄罗斯一日三餐都是面包的生活，简直让我苦不堪言。趁着周末，我约了舍友一起去中国菜馆吃饭。很可惜，那家餐馆虽然打着“中国餐馆”的名头，但做菜的厨师却并不是中国人。可想而知，那是一次极糟糕的体验。菜品不正宗，完全毁了我对家乡菜的美好回忆。

这也终于让我理解了，为什么沈从文先生在没有十足把握的情况下绝对不会进入从未去过的湘菜馆。而那一次的经历，也让我打定主意，如果不是相熟的老乡推荐的餐馆，无论如何，都不会再贸然闯入，以免毁了自己记忆中的家乡味。

沈从文对菜品本身的追求并没有多高，他只希望自己所吃的味道里，能饱含着家乡的气息。他将自己对家乡的浓浓牵挂，都寄托在那一盘盘的菜品之中。除了让他欲罢不能的干炒辣椒外，最让他念念不忘的，则是那一盘带着妈妈味道的慈姑炒肉。只吃上一口，就能令他心头的烦恼顿消。

慈姑是生长于水田中的多年生草本植物，叶子长得像箭头，开白色的花朵。而它可食用的部分是处于地下的球茎。据《本草纲目》记载："慈姑，一根岁生十二子，如慈姑之乳诸子，故以名之。"慈姑原产于中国，在欧洲等国家，慈姑更多被用于观赏，而在中国、日本、印度和朝鲜，则作蔬菜食用。慈姑中含有许多对人体有益的物质，如碳水化合物、淀粉、蛋白质、磷、维生素和矿物质。在古代的医学典籍中，记载着慈姑具有"达肾气、健脾胃、止泻痢、化痰、润皮毛"等神奇功效。除孕妇和便秘者不宜多吃外，一般人均可食用。尤其是有心悸心慌、肺热咳嗽、水肿、排尿不利等病症的患者，多食更有益处。

无疑，沈从文是喜欢吃慈姑的。在他的童年记忆里，他的母亲经常会为全家人做上一盘慈姑炒肉。而那时，由于家中姐妹众多，所以菜刚一上桌，就会很快被消灭殆尽。而年少时的沈从文是个贪玩的孩子，甚至还是一位“逃学大王”，每次回到家中时，总会错过“饭点”，若不是母亲提前给他留下一些，他恐怕就要饿肚子了。所以，童年的记忆里，他更多记下的，便是母亲给他留出来的那盘“慈姑炒肉”。

这记忆中的慈姑炒肉，就是母亲对他深沉的爱，所以，当母亲离世之后，沈从文才会更加思念那记忆中的味道。

烹饪！痴气！——钱锺书的不负己心

【1】

他说：“婚姻是一座围城，城外的人想进去，城里的人想出来。”

他说：“流言这东西，比流感蔓延的速度更快，比流星所蕴含的能量更巨大，比流氓更具有恶意，比流产更能让人心力憔悴。”

他，是钱锺书。

其实，提到钱锺书，我首先想起的并不是他的作品，反倒先想起了他和我竟然也有一些共同点，这位大师也曾是一位偏科相当严重的学生。在考大学那年，他的数学成绩才15分，而英语却出奇的厉害，也正是因此，他以英语满分的成绩，才被清华大学外文系破格录取。

无论是在学术上，还是在文艺创作上，钱锺书的一生，都可谓硕果累累。在学生们的眼中，他是学识渊博的大学者，不仅精通多国语言，而且记忆力超群；在朋友们的眼中，他是一位睿智的良友，但时而又有着一些诙谐与可爱；在家人的眼中，他则是一个身上透着一股“痴气”的笨手笨脚的人，甚至偶尔还会分不清左右脚。

生活中的钱锺书，不仅爱“吃”，而且还有点“痴”。

前一个“吃”，很好理解，自然就是吃饭、吃菜，吃所有好吃的美食；而后一个“痴”，则体现在他生活中的各种糗事与趣事上。

钱锺书出生于江苏无锡的一个教育世家，伯父钱基成、父亲钱基博、叔叔钱基厚在文坛上，都有一定的影响力。生活在这样家境殷实、文化水平极高的家庭里，自然不必为生活琐事担忧。所以，钱锺书在结婚前从没有做过家务，也正因此，他也被家中的仆人们称为“大阿官”（江浙一带方言，相当于“官人”“公子”类似的称呼）。

1935年，钱锺书以第一名的成绩考取了英国庚子赔款公费留学生，同年，和杨绛一起奔赴大洋彼岸学习。两个人都是第一次在国外生活，除了对英国多雨、潮湿的环境感到不适应外，最让他们不能接受的，就是这里的饮食。

最初他们二人是寄宿在当地的一户居民家里。由于初到这里，钱锺书夫妻二人又都忙于学业，为了节省时间，他们同意了房东提供住宿和三餐饮食的要求。然而，让他们没有想到的是，房东似乎并不擅长烹饪，每每做出来的食物都让人难以下咽，即使是不错的食材，到了房东的手里，也变成了食之无味、弃之可惜的难吃食物。

爱吃、懂吃的大少爷钱锺书，哪能忍受这样让人糟心的吃食？所以，才刚住下来没几天，他就对妻子提出了打算搬家的想法。在他看来，“这个世界给人弄得混乱颠倒，到处是磨擦冲突，只有两件最和谐的事物总算是人造的：音乐和烹调”。如果，连最简单的“温饱”问题都解决不了，那生活岂不是太不幸了？

于是，夫妻二人搬离了这家还没住几天的住所。他们的新家在牛津大学附近，虽然空间不大，但胜在环境不错，至少他们对自己的新家很满意。虽然不用再继续吃那些让人难以下咽的食物，但从今往后，二人的一日三餐，都需要自己解决。这对于他们这样两个从没下过厨房的人来说，绝对是一个不小的考验。

让杨绛没有想到的是，第二天早上她就被钱锺书的"爱心早餐"和"被窝茶"给唤醒了。看着桌子上摆着的煎蛋、煎吐司、热牛奶和红茶等各色吃食，才刚从睡梦中醒来的杨绛，瞬间激动不已。

英国人早上都有喝"被窝茶"的习惯，通常在早上的7~9点，而"被窝茶"多为红茶。每天早上起来后，饮一杯香浓的红茶，可以帮助人们冲走困倦，唤醒还在沉睡的灵魂。另外一顿就是我们常说的"下午茶"，除了茶水，通常还会配上一些精致的小点心，这样可以边喝茶边吃点心，既有了意境，又有了美食，真是格外的享受!

红茶对身体有很多好处，不仅可以抗菌、预防感冒，还可以补充人体日常所需的蛋白质和糖，能够提供足够的热量来温暖身体，驱走寒冷，增强人体的抵抗力。而据美国心脏学会研究证实，红茶是"富含能消除自由基，具有抗酸化作用的黄酮类化合物的饮料之一，能够使心肌梗塞的发病率降低"。

除此之外，红茶中还富含胡萝卜素、维生素A、钙、磷、赖氨酸、谷氨酸等多种营养元素。红茶在发酵过程中，会产生一定量的茶黄素和茶红素，令其香气比鲜叶明显增加，形成红茶特有的色、香、味。

值得注意的是，在喝茶的时候，选择新茶没有错，但并不是新茶越新越好。茶叶存放时间短，其本身带有的未经过氧化的多酚类、醛类和醇类等物质，会对肠胃功能较弱的人造成一定的伤害。

另外，在煮茶的时候，也应该掌握好煮茶的时间。如果时间久了，茶叶本身的清香就会煮得四散开了，此时再喝就只剩下了茶叶的涩味；而如果烹煮的时间较短，火候不够，茶香还未来得及溢出，那么此时喝到的茶水，就只能品出寡淡的滋味了。

由此可见，烹茶也是一门手艺活。这也难怪，自古以来，茶道就被认为是博大精深的。现在很多白领女性，甚至还会专门参加一些有关茶道、插花的培训，为的就是能够提升自己的气质，另外在社交场合，也不至于出现手忙脚乱的情况。

自从搬到了新家之后，夫妻二人日常的饮食，几乎都被钱锺书承包下来。每天除了完成课业之外，就是在家里做上一些简单的吃食，照顾妻子。这样的生活倒也让人心安。只是杨绛的体质本来就不算太好，再加上旅途劳顿和搬家，这连番的折腾，更是让她有些吃不消。为了补充营养、增强身体的抵抗力，附近便利店里出售的明虾，就成了这对年轻夫妻餐桌上的常客。

1937年5月，杨绛在英国顺利产下一个女婴。刚在医院生完孩子的杨绛，被钱锺书接回了家。让杨绛没有想到的是，在生活上处处都透着一些“痴气”的钱锺书，竟然会“炖了鸡汤，还剥了碧绿的嫩蚕豆瓣，煮在汤里，盛在碗里”，端给她吃。看到这样体贴的钱锺书，杨绛不禁笑言，若是钱家人知道了他们的“大阿官”竟然还能这般伺候产妇，不知道该有多惊奇。

看着这样的钱锺书，我明白了一个道理：原来，不是男人不爱下厨房，也不是他们就不会做饭，只知道衣来伸手饭来张口，只是他们想不想、愿不愿的问题。如果一个男人真的爱着一个女人，他们会心甘情愿地为其做上一份早餐，一份能够让心爱的女人开心的美食。只要用心了，就算是再笨的男人，也能做出这世上最美味的食物。

【2】

钱锺书为了“吃”而搬家的事情，被朋友们知道了之后，众人纷纷取笑他。但这并没有让他感到一丝的难为情，毕竟“民以食为天”，他这样做，本无可厚非。再说，想要吃得好，也是人生的一种追求。

他在《吃饭就像结婚》一文中就已经说了，“可口好吃的菜还是值得赞美的”，而这世间，“只有两件最和谐的事物总算是人造的：音乐和烹调”。就和有的人沉迷于美妙的音乐一样，他不过是为了另一件事情而做了努力，这又有什么不对呢？

1959年，女儿钱瑗在北京师范大学俄语系毕业之后，便被留在了学校任教。此时的钱锺书，正忙着研究所的工作，而杨绛也正接手翻译《堂吉诃德》，一家三口人的生活都十分充实，因为是做着自己喜欢的事情，即使再忙碌，也都是欢喜的。

让钱锺书有些遗憾的是，他已经很久没有亲自下厨了，而家里的阿姨做出来的饭菜，又不能让他满意，为了一饱口福，每逢周末，一家三口人就会到外面的餐馆吃饭。

说起下馆子点菜的事情，就不得不说发生在这位钱先生身上的趣事了，他“会点菜”这件事情，让很多人都感到惊讶，即使是从未去过的餐馆，他也能准确地将餐馆里的拿手菜点出来，而且从来没有失误的时候。就连杨绛也不禁感慨道："钱锺书是一个很懂得吃的人，他喜欢带家人去品尝各种馆子，亲自点菜，而且绝对不会失手，这也可算得上是一大本事了。"

听起来好像有点玄，觉得他十分厉害，但如果你听了钱锺书自己的解释之后，就会恍然大悟，道一句"原来如此，竟是这么简单！"

别看在日常生活中，钱锺书处处透着一股子"痴气"，但是这"痴"，也有"痴"的好处，会让他做起事情来，有独属于自己的执着与认真。钱锺书很善于观察，所以每到一家餐馆之后，他总会先观察周围的情况，每家餐馆总有几位常客，可以不看菜单就点出要吃的菜品，而这时候，他就会有样学样，照着点菜。

关于钱锺书的"痴气"，杨绛还特意写了一篇题为《锺书的"痴气"》的文章来向大家介绍，生活中处处透着"痴气"的钱锺书，究竟有多么可爱。

我们在牛津时，他午睡，我临帖，可是一个人写写字困上来，便睡着了。他醒来见我睡了，就饱蘸浓墨，想给我画个花脸。可是他刚落笔我就醒了。他没想到我的脸皮比宣纸还吃墨，洗尽墨痕，脸皮像纸一样快洗破了，以后他不再恶作剧，只给我画了一幅肖像，上面再添上眼镜和胡子，聊以过瘾。

除了在面对妻子时犯"痴气"外，他还会折腾自己的女儿，就仿佛一个老顽童一般，只要想到了鬼点子，就会毫不犹豫去行动。

他逗女儿玩，每天临睡在她的被窝里埋置‘地雷’，埋得一层深入一层，把大大小小的各种玩具、镜子、刷子，甚至砚台或大把的毛笔都埋进去，等女儿惊叫，他得意大乐。

即使到了老年时期，钱锺书身上的“痴气”还是没有一点消减，不但如此，反倒更让人觉得，这位老人，除了和蔼可亲之外，还带着一股子可爱。

1994年10月30日，这一天是钱锺书的好朋友夏衍的生日，因为钱锺书身体不适，正在住院疗养，没能参加好友的庆生会。夏衍便让自己的女儿代替自己去医院看望钱锺书，并且还给他带去了一块生日蛋糕。

那个时候的钱锺书饮食上以清淡的果蔬为主，平时除了家人外，身边的医生、护士，对他的饮食也都严加看管。多日不见美食的钱锺书，自然无法抵抗蛋糕的诱惑，于是趁着没有人注意，便吃了起来。

他不知道的是，恰好在此时来了一位摄影记者，拿着摄像机半蹲着对着钱锺书的侧面拍照。但这个角度拍摄出来的人物，根本没有办法让人认出所拍的是谁。记者便大着胆子，挪动脚步，想要拍一张钱锺书的正面照。哪曾想，钱锺书刚一注意到他的动作，就马上钻进了被子里，蛋糕上的奶油蹭得头上、被子上到处都是。记者当时也愣住了，反应过来的时候，简直哭笑不得，“钱先生真不给面子啊！”

而当香港某报的记者听说此事之后，略微渲染一番，便撰写出了《被窝里吃蛋糕的钱锺书》。这篇文章后来被钱锺书知道，钱锺书便引用了那位摄影记者的话，“真不给面子。”

看，他就是这样一位可爱的人。想让人不爱他都难呢！

第三章

/

民国名伶舌尖上的温婉与动人

遍寻！人情！——梅兰芳的清淡平实

【1】

李玉刚的《新贵妃醉酒》将歌曲与戏曲融合的唱法，一时间红遍祖国的大江南北。第一次听这首歌的时候，是我大学有一年暑假回家，和高中同学聚会，饭后大家一起约着去了KTV，有同学点了这首歌。

最初看到这个名字的时候，我还以为他要唱京剧，尤其是当李玉刚以京剧中杨贵妃的装扮出来后，我更怀疑他是要唱京剧，直到后来才知道，原来是自己落伍了。

但也正是因为那首歌，让我想起了民国时期的京剧大师梅兰芳。《贵妃醉酒》这部戏可谓倾尽了梅兰芳的毕生心血，是经过他的精雕细刻、加工点缀而成的，也是梅派经典代表剧目之一。

在民国时期，提到“梅兰芳”这三个字，几乎没有人不知晓他的名号。但世人更多的将目光锁定在了他在京剧上的贡献，以及在艺术舞台上给世人留下的惊艳，却很少有人关注生活中的梅兰芳，更鲜有人知道，其实他也是一个不折不扣的“吃货”。

梅兰芳祖籍江苏泰州，但他却出生于北京，且在这里长大，所以这就注定了他的饮食习惯会结合了南北的口味。

和老舍先生一样，对于老北京的那些美食，他都非常喜欢。豆汁自是不必说，还有小米粥、爆三样、熬白菜、干炸丸子，等等。但因为他要唱戏，所以在饮食上多讲究清淡，但凡对嗓子有害的，他基本上都不会去碰。

关于这点，可以从他的“三不三怕”饮食习惯看出来：他坚决不喝酒，害怕酒的辛辣会呛坏了他的好嗓子；他尽量少吃动物肝脏和红烧肉这类过于油腻的食物，害怕嗓子中生痰；他在演出前后不会吃冷饮，怕冰冷的食物会让嗓子变哑。

人生如戏，戏如人生。梅兰芳一生从艺六十余年，真正看尽了世态炎凉，尝遍了人生百味。他的一生，足迹遍布祖国的大江南北，尝遍了各地美食，除了地道的老北京菜外，他对其他菜系中的一些名菜也十分喜欢，如川菜的宫保鸡丁、苏菜的松鼠鳜鱼、豫菜的洛阳烧鸡等。

北京，作为明清时期的皇城所在地，这里在当时的繁华程度自是不必说。即使到了民国，这里依然有很多清朝遗留下来的酒楼、餐馆。梅兰芳生活在这里，自然是对这里的一草一木都非常了解。尤其是作为一位对美食有着执着追求的人，他或许无法告诉你哪家餐馆最好吃，却能对各家餐馆的拿手菜如数家珍。

日常生活中，梅兰芳最常去的餐馆有峨嵋酒家、恩承居、烤肉宛、同春园和都一处等地方。

峨嵋酒家始建于1950年，它是北京最早的川菜馆。梅兰芳之所以爱上川菜、爱上宫保鸡丁，就是因为峨嵋酒家。

与其他地方的做法不同，峨嵋酒家的宫保鸡丁，采用的是鲜嫩的鸡腿肉，因为这个部位的肉质更加嫩滑、有劲道。在下锅炒之前，会先调“滋汁”，等到锅热了，油温升上来之后，再下锅爆炒。在做这道菜的时候，火候也十分讲究，“刚断生，正好熟”。之后再在上面撒上一些勾芡汁液，翻炒几下，就可以出锅了。此时的菜盘中，“只见红油不见汁”，味道鲜香辣爽，引人食欲大作。

还有一点与其他地方的宫保鸡丁不同的是，这里的大厨伍钰盛将传统的方块形鸡丁，改成了梭子块状，这样能使鸡丁的外接触面更广，更容易入味。

被各种调味料和汁液浸润过的鸡肉块，更加鲜嫩可口。夹一块鸡丁放入口中，几种味道先后包裹了舌尖，先是甜味，再是酸味，之后咸鲜与微辣，最后又透出麻辣。这般层次分明的口感，就是被专业人士称为“荔枝味”的味道。

宫保鸡丁的历史悠久，而关于它究竟应该属于哪个菜系，还有一番“川鲁”之争。这道菜由清代咸丰年间的丁宝桢所创。丁宝桢本是贵州人士，在家乡的时候，他就格外喜欢吃辣椒，后来被调往山东任职，虽然这个地方的饮食比较清淡，但他还是喜欢吃用辣椒与肉类爆炒之后的菜品，而肉多为猪肉和鸡肉。再之后，他被调往四川，丁宝桢便让家中的厨师将鸡肉切成丁，加上辣椒和花生米等一起来炒，这种做法就是宫保鸡丁的前身。丁宝桢为清朝廷立下了很多功劳，后来被封为“太子太保”，而他也被当时的世人称为“丁宫保”，而由他所创的菜品，也就被称为“宫保鸡丁”。

梅兰芳很喜欢吃这道宫保鸡丁。梅兰芳经常会在长安大戏院演出，而峨嵋酒家就在戏院附近，所以他常常会光顾这家餐馆。当时的峨嵋酒家还只是一个小馆子，接待这么一位大明星，主厨伍钰盛感到很有压力，每次都会亲自招待梅兰芳，害怕会有招待不周的地方。而梅兰芳也注意到了对方的不自在，于是对他说：“我是来吃菜的，又不是来吃桌子、板凳。”因着这一份情，梅兰芳在这峨嵋酒家，一吃就是很多年。

后来在峨嵋酒家开业十周年的时候，梅兰芳还曾亲自题写了一首诗送给他们，甚至连悬挂在饭店门顶之上的“峨嵋酒家”四个大字，也出自梅兰芳之手。

我个人也比较喜欢吃川菜，当年在读大学的时候，经常会和几个舍友在周六晚上没课的时候，一起出去聚餐。而我们去得最多的，就是在学校门口不远处的一家川菜馆。虽然小餐馆面积不大，环境一般，但好在菜品味道不错，而且每盘菜的菜量很大。

我们每次必点的是干煸芸豆，此菜辣味适中，脆嫩爽口，清香鲜美。往往菜才刚上来，就被我们八个人风卷残云般扫荡干净，有时害怕吃得不过瘾，还会叫来服务员，直接点上两盘。弄得服务员瞪着一双眼睛，一脸不敢相信，好像我们是饿虎一般，现在想想，也是有趣！

要知道，现在的女孩子可都是追求“排骨精”，在外面吃饭的时候，要尽量“收腹”，做到矜持的。但由于我们宿舍的人都属于性格豪爽型，完全不在乎这些。朋友聚餐，要的就是这种欢乐和无拘无束的气氛，吃就要吃得过瘾，玩就要玩得痛快，何必太在乎他人的眼光？

现在想起当年读书时的快乐时光，仿佛就发生在昨天。只是，时光一去不复返，如今我们一群姐妹各奔东西，想要再聚首，却是难比登天。每每思念那段幸福的过往，心中便会泛起一阵酸涩，所以，为了排解这份忧郁，我便开始学着自己做干煸芸豆，聊以慰藉。

【2】

梅兰芳的足迹，遍布了北京城的大街小巷。闲来无事，他便会在众多餐馆中穿梭。昨天还在峨嵋酒家，可能今天，你就会在恩承居看到他的身影。

恩承居是老式广东菜的代表，当时是在北京的广东籍官员和富商经常聚会的地方。梅兰芳喜欢这里的代表菜鸡蓉玉米。鸡蓉玉米是先将玉米切碎煮成蓉状，再加鸡蓉。这道菜做法并不复杂，吃起来清淡爽口，正符合梅兰芳的胃口。

除此之外，梅兰芳常点的菜还有猪油炒芦笋、鸭油炒豌豆苗和蚝油鳝背。作为恩承居的常客，基本上每次梅兰芳才刚走进店里，伙计们就会上前招待，甚至不用他点菜，就能把他常吃的菜品端上来。

恩承居的菜之所以好吃，和他们用油的讲究大有关联。中国菜本来就讲究不同的菜，要用不同的油，如猪油、鸭油、蚝油、羊油等，并不是所有的菜都只用一种油就能烹调出让人垂涎的美食。往往不同的油搭配不同的食材，才会收到意想不到的效果。

除了恩承居之外，梅兰芳还常去的店是烤肉宛。这是一家清真烤肉店，也是北京最早开始经营烤肉的餐馆，始建于1686年。这家烤肉店在北京城经历了三百多年的风风雨雨，依然屹立不倒。

烤肉宛的烤牛肉最为大众喜欢，这里的烤肉以肉质细腻而闻名。经常吃烤肉的人应该明白，烤肉的用料和所使用的木炭都十分讲究，木炭最好使用松木或果木，而用料的好坏，直接影响肉烤熟之后的口感。而烤肉宛的牛肉，所选用的都是来自内蒙古的四五年牛龄的被阉过的公牛，或只产过一胎的乳牛，而且部位也只选用上脑、里脊等最嫩的部位。这样的牛肉，无疑是最上乘的。

不仅如此，烤肉宛的大厨在切肉的时候，刀工也非常讲究，一斤牛肉，竟然可以切出一百多片，而且每一片都厚薄均匀、大小适合，如果不是技艺超群，想要做到这一点，实在太难！

烤肉宛的烤肉远近闻名，吸引了不少文人雅士来这里聚会，而除梅兰芳之外，张大千、齐白石和马连良也都是这里的常客。齐白石曾给烤肉宛题写过一个匾额，上面书着“清真烤肉宛”这五个字，后来还送过一幅梅花图。在他八十岁生日的时候，专门画了一幅“仁者多寿”送给了烤肉宛。

一家老字号的店，之所以能够经历数百年仍屹立不倒，除了自身的菜品味美这个保障之外，还因为他们在面对顾客时的“用心”。顾客花钱去吃饭，除了想要享用美食之外，当然还希望能够得到良好的服务，很显然，烤肉宛做到了这一点。他们用自己的真诚和爱心烹饪美食，用真心与微笑面对每一位顾客。

前面提到了梅兰芳喜欢吃苏菜中的松鼠鳜鱼，而在北京城，松鼠鳜鱼做得最好的，就数同春园。所以，他也经常光顾这里。除了菜品上乘、名肴迭出这个原因之外，还因为这同春园的文化氛围浓郁。当时，很多文人雅士都喜欢到这里聚上一聚，点上几盘同春园的拿手菜，饮一杯绍兴花雕，谈天说地，好不热闹。

关于同春园注重文化这一点，比如在上松鼠鳜鱼时，伙计们一边端着盘子，一边喊着唐人张志和的绝句“西塞山前白鹭飞，桃花流水鳜鱼肥”。菜上桌佐以趣闻典故，美味更在名菜外。

由于要养颜护嗓，梅兰芳的饮食主要以低脂、清淡为主。日常饮食中，除了下馆子，更多的时间，他是在家里吃饭。为此，家中的厨师王寿山精心研制出了六百多道养生美食，而这其中，最受梅兰芳喜爱的是鸳鸯鸡粥。

鸳鸯鸡粥又名双色鸡粥，是一种无米之粥。在熬粥之前，需要先将鸡胸肉去皮、细细刮下来，然后放入锅中熬煮，直到鸡肉烂成细绒状。此时，再根据不同的时令选择不同的蔬菜，将蔬菜叶捣碎，做成菜汁，再根据太极图案的形状，将蔬菜汁浇到鸡粥的上面。此粥鲜嫩爽滑，口感清淡，富含营养，是一道不错的菜品。

除此之外，梅兰芳还喜欢喝核桃粥。核桃又叫胡桃，与扁桃、腰果和榛子并称为世界著名的“四大干果”。核桃营养丰富，有“万岁果”“长寿果”“养生之宝”的美誉。多吃核桃，不仅可以健脑，还可以润肤，中医称其具有“通经络，润血脉，黑须发，常服皮肉细腻光润”的疗效。而据梅兰芳之子梅葆玖说，梅兰芳饮核桃粥，正是为了保持肌肤的年轻。

通过喝粥来达到养生的目的，早已经不是什么稀奇的事情，现代人越来越注重养生，而养生粥馆也应运而生。早上起来，喝一碗热乎乎、香喷喷的粥，不仅容易消化，而且能够补充体力、调养肠胃。就如著名的南宋诗人陆游所做的《食粥》一般，“世人个个学长年，不悟长年在目前。我得宛丘平易法，只将食粥致神仙。”想要长寿其实很简单，没有必要刻意去追求，只需一碗美味的粥，就可以达到延年益寿的效果。

清真！讲究！——马连良的精致挑剔

【1】

著名的京剧大师马连良是一位来自回族的同胞，虽然他一直生活在北京，但他从没有忘记自己回民的身份，所以他在饮食上格外注意，所进的餐馆，也都是北京城当时比较有名的清真餐馆。

北京城里有很多清真菜馆，马连良自然是这里的常客。总的来说，北京当时的清真餐馆可以分为东西两派。“东来顺”作为东派的主要代表，在做菜手法上，主要讲究的是东方的爆、烤、涮等较为直接的制作手法，更注重的是味道与口感、速度与激情；而以西派菜为主要特色的“西来顺”，则更多的将目光放在了菜品外观的形色搭配上，菜品突出了华贵与典雅，看起来更加精致讲究。

西来顺在当年的餐饮界，基本上可以说是摩登的代名词，在1935年4月25日的《北京实报》上，就曾有这样一则报道：“西长安街的西来顺，在教门馆子中比较摩登……往往运用思想，发明一些新菜式，介于半中半西之间，也介于荤素之间，阔人请客，朋友小吃都行得。”

西来顺几乎每隔几天，就会推出一道新研制出来的菜品，这些菜品或是在经典菜式的基础上进行改良，或是在传统的清真炒菜里面，加入一些西方的菜品理念，如放上一些沙拉酱、番茄酱、咖喱粉、辣酱油等西餐调味。总之，只要掌灶师傅褚祥有什么新奇点子，没过几天，这新研究出来的菜品，人们总能在菜单上见到。这般有着创新精神的菜馆，想不在当时成为餐饮界的时尚，那都对不起褚祥师傅的刻苦钻研。

说起这位掌灶师傅，那也是大有来头的。早在来到西来顺之前，褚祥就已经是京城清真餐饮界里的有名人物了，他曾经在清宫御膳房当过差，后来又到了北洋政府的总统府上，做过清真厨掌灶师傅。丰富的阅历，再加上细腻的心思，让褚祥发现了如果在传统菜式上加上一些西方特色，将会是不错的尝试。于是，一道道有别于其他餐馆的名菜，就这样诞生了。

西来顺当时的名菜有很多，牛肉酥饼和烤馕都深受客人们的喜爱。但要说最得马连良喜爱的，应属那道褚祥专门为答谢马连良而创制的“马连良鸭子”。

彼时，褚祥还在原来的东家“又一村”掌勺。一日，马连良演出归来，到“又一村”吃饭，吃得正起劲的时候，忽然听到外面枪响。马连良一打听，这才弄明白，原来是两个有头有脸的人物为了争夺一个雅间而大动肝火，甚至放话要砸馆子。

在民国那个时代，谁的手上有枪，谁就是大爷，所以店里的伙计一时之间也不知道该如何是好，正打算去通知掌柜的，却被马连良拦住了。马连良放下碗筷，挺身而出，帮忙解决这件事情。那两方人马也都是知道马连良的名号的，这个面子，他们得给，于是这件事情就这样化解了。

“又一村”保住了，褚祥对马连良甚是感激。到了西来顺后，他特意给马连良做了一道菜。这道菜用鲁菜的香酥手法，配上淮扬菜风味汤料，烹制成香酥鸭，并冠名“马连良鸭子”。

褚祥在做这道菜之前，对马连良的日常饮食习惯做了一番了解，他发现马连良比较喜欢鲁菜的重口味，而马连良的夫人来自淮扬，喜欢吃家乡清淡的淮扬菜。于是他决定将这两种相差甚远的口味结合在一起，便制出了这独一无二的“马连良鸭子”。这道菜品刚一面世，便在京城引起了不小的轰动，只是可惜，并不是所有人都有机会一尝这道美食。

因为真正知道这道美食做法的人，只有褚祥自己，而曾经有机会品尝过此道菜品的，也皆是和马连良关系不错的一些梨园大师，或者是他的家人、朋友，除此之外，普通人基本没有机会见到这道菜品的庐山真面目，更不要说吃上一次。褚祥去世后，这道菜品更是再也无法还原成原来的味道。

虽然我们不清楚褚祥的做法究竟与其他人有何不同，味道又相差多少，但关于这道鸭子的相关做法，这里却也有一些踪迹可寻。制作马连良鸭子的工序十分复杂，鸭子要经过腌渍、蒸、炸等几道工序。在腌渍的时候，无论是鸭子的内膛还是外皮，都要涂抹上酱料，要鸭肉入味，然后再下锅蒸透，最后用温油将鸭子皮炸至酥脆。

鸭子在上桌的时候，外皮赤黄，油亮有光泽，香飘四溢，吃一口皮酥肉软，就连骨头也都已熟烂，一碰即碎，甚至可以直接吃到肚子里。

有这样一道可口酥软、浓郁醇香的美食在前，马连良又怎能不爱上西来顺？也难怪他会在下了戏台之后，经常到这里吃饭，来寻找那舌尖上的诱惑了。

【2】

除了西来顺的马连良鸭子外，能征服这位京剧大师的味蕾的，还有两益轩饭庄的烹虾段。这道菜品可是深受这位马大师的追捧，每次他来两益轩，桌上必有一盘烹虾段。

而马连良吃这道菜的时候，还十分讲究。他不让店里的伙计一次性将一盘虾都给他上来，而是分批次，也就是“分盘分炒”，一次弄上三五对即可，等到他吃完一盘后，再炒下一盘。这样分炒的好处是，既能保证虾肉处处都入味，又能保证所吃到的虾都是热乎刚出锅的，味道并没有因为菜品冷掉而失了原有的味道。

这道菜在做法上的讲究，也一点都不亚于马连良鸭子。首先在用料上，大虾只能是来自于渤海湾的对虾，其他地方的都不可以。对虾个头较大，而且腹部发达，肌肉较多，肉质有嚼劲，口感更鲜美。在做法上，也是很有讲究的，首先要将对虾下油锅炸一遍，炸熟之后捞出，等到油锅再次热起来后，再迅速将虾肉下锅煎炸一番，直到虾肉酥脆，香味溢出之后，捞出，然后在上面淋上一些调味汁。整道工序看似简单，实际上每一步都需要严格把控，无论是油的温度还是火候，抑或是最后的调味汁，有一个环节出了差错，那么这道菜就是失败的。

马连良喜欢吃虾在圈子里算是出了名的，除了喜欢炸虾段之外，他还喜欢一道清炒虾仁。以前每次在天津演出结束后，马连良都要到附近的一家清真餐馆去吃那道招牌菜清炒虾仁。即使演出结束时已经半夜了，马连良也一定要吃一次，不然总觉得心里空落落的。

除了虾，马连良还喜欢一道爆炒羊肚仁。这道菜是北京爆肚冯清真馆的招牌菜。在民国时期，北京城中曾流传过这样一句话："你吃得起全聚德的烤鸭，也不一定吃得起马连良先生最爱的肚仁。"

那时候，全聚德的烤鸭对于一般人家来说，就是相当昂贵的，但是和马连良喜欢的爆炒羊肚仁相比，其珍贵程度和价格都要逊色不少。原因无他，只是羊肚仁这东西，确实是个稀罕物。

羊肚仁，是羊胃中较厚嫩的一条，这一条究竟有多大？简单点来说，就算是一头成熟的公羊体内，也只能弄出不到一两来。而想做一盘，至少也得半斤左右，你想想这得需要多少头羊？

不过，贵有贵的理由，所谓一分钱一分货，这话绝对不假。羊肚仁肉质脆嫩，味道极为鲜美，且清香而不油腻。马连良会喜欢吃这样一盘菜，可想而知，他的口味究竟有多么挑剔了。也难怪连爆肚冯的老板都感叹说："马先生的吃就和他唱的戏一样，前者精致到挑剔，后者挑剔到精致。"

马连良对美食的挑剔，是整个圈子里都知道的事情，所以很多同行朋友，都喜欢和他一起下馆子。因为他们知道，只要有马先生在，那就绝对不用担心会吃到难吃的饭菜，就算他们答应，马先生也绝对不会允许在他面前的饭菜不够美味。

有时候，如果家里人做出来的饭菜让他不满意，他会毫不犹豫放下碗筷，将桌上的菜品端到厨房，自己进行加工。

而在马连良亲手做出的菜品中，最让众人喜欢的便是芙蓉鸡片，每次马连良的家里要宴请宾客的时候，客人们如果知道食单上有这道菜，保准会高高兴兴来参加。

芙蓉鸡片本是鲁菜中的一种，但马连良将这道菜进行了一番改良，在其中加入了淮扬菜的口味，让一南一北、一重一淡两种相差甚远的口味，奇妙地结合在了一起，并产生了让人意想不到的效果。

色泽洁白如娇嫩芙蓉的鸡片，搭配鲜嫩翠绿如点点星辰的豌豆苗，再夹着一些点缀其中的红色枸杞，这一盘色彩斑斓、艳丽亮泽的芙蓉鸡片，宛如一幅美丽的画卷，让人移不开眼。芙蓉鸡片口感鲜美，入口细腻柔软，让人回味无穷。

除了味美色鲜之外，这道菜本身的营养价值也极高，不仅含有蛋白质、脂肪和钙、铁、磷、钾、镁、纳等微量元素，还含有一定量的维生素A、维生素B_1、维生素B_2等。芙蓉鸡片能够益气养血、补肾补脾。对于经常排练、体力消耗较大的梨园大师来说，每天吃上一盘芙蓉鸡片，既能一饱口福，又能保养身体，真是一举两得的美事。

谁能想到，一代梨园大师竟然也会放下身段，洗手作羹汤。谁又能想到，这样的一代大师，最后却不知魂归何处。人生无常，谁也不知道，下一秒会发生什么事情，我们唯一可以做的，就是在有限的时间里，做一些能够让自己喜欢的事情。无论是吃上一餐美味的食物，还是听一首喜欢的歌曲，总之，能够不虚度时光，不浪费每一寸光阴，都是对自己生命的不辜负。

不要等到时间都老去了，我们才再去痛心地问上一句，“时间，都去哪儿了？”

饿唱！豪放！——程砚秋的落拓不羁

【1】

作为当年名动京城的“四大名旦”之一的程砚秋，他是与众不同的。这份不同，无关唱腔与唱法，而是他的生活习惯、饮食习惯不同于当时的其他梨园大师。

对于从事演艺事业的人来说，保持好的身材是非常重要的，而对于像程砚秋这样的梨园大师来说，在保持好身材之外，还应该要格外注意保护自己的嗓子。这也就意味着，他们虽然身份尊贵，在台上备受瞩目，但在台下，也有很多事情是不可以做的。比如在饮食上，梅兰芳、马连良等大师，都偏于清淡，而饮酒，几乎是不可能的。

但程砚秋却不是这样的，他不仅喜欢油腻的食物，而且还是一个无肉不欢者，最让人惊掉眼镜的是，他竟然嗜酒如狂。在他看来，“嗓子不好的，不抽烟不喝酒也好不了；嗓子好的，抽烟喝酒也坏不了。”

程砚秋最喜欢的一道美食便是红烧肉，也许是和他从小就生活落魄、经常忍受饥饿有关，长大了的程砚秋，虽然在吃食上没有什么特别要求，却对那些能够填饱肚子，看起来就令人有食欲的菜品格外钟情。而红烧肉的肥腻与厚重感，无疑会给人以“饱腹感”，也便因此入了程砚秋的眼。

程砚秋是满族人，出生于北京富贵人家。后来家道中落，他也从衣来伸手、饭来张口的小少爷，沦为不得不为少花一分钱，而节衣缩食的穷苦百姓。看着本来的荣华富贵，在一夕之间成为过往，心中虽有不甘，却不得不为讨生活而谋生路。于是，他拜在了荣蝶仙门下，从此踏上了梨园之路。

梨园之路满是艰辛。对于连吃饱饭都成问题的小程砚秋来说，每天的武生训练，更是让他饥饿难耐。后来因为扮相秀丽，这才让他转学了花旦。再加上他嗓音极佳，最后又改学青衣。许是少年时期的饥饿经历，在他的心中留下了不可磨灭的阴影，也许是单纯地出于对红烧肉的喜爱，总之，程砚秋深深迷恋上了红烧肉那肥瘦相间、肥而不腻的味道。

据说，程砚秋曾一顿吃了一大碗红烧肉，至于吃肉之后，是否会令自己的身体发福，他似乎一点都不在意。不过，这也从侧面证明了红烧肉这道美食的魅力。

我个人也很喜欢红烧肉，但不是从最初就喜欢吃的。和很多人一样，我对肥肉实在无感，看着那肥腻腻、油乎乎的白肉片，就觉得没有胃口，甚至最严重的时候，只看上一眼，就觉得浑身不舒服，能起一身的鸡皮疙瘩。但在一次偶然的机会下，尝过一次红烧肉，便彻底改变了我对肥肉的看法。

从没想过，肥肉竟然也能做出这样肥而不腻、口齿留香的感觉，简直太神奇了！

当然，这要完全归功于红烧肉的做法。大学时，宿舍聚餐，大多情况下都是在附近的小饭店，点上几盘菜，叫上一些酒水，大家坐在一起“敞开怀”，尽情地吃喝、聊天。次数多了，总会觉得无趣。于是当有人提议，我们自己做菜给自己吃的时候，便获得了全宿舍姐妹的一致同意。

学校附近还真有这样一家不提供饮食，只提供场地和调味料、锅灶的饭馆，想要吃什么都可以，但前提是，“你得自己会做”。对于90后来说，会做菜的人不多，即使会，也不过是一些简单的小炒菜，而像红烧肉这样的菜品，绝对属于高级别、高难度的菜品，我们都没有任何实践经验，完全是从网上找攻略，一步一步学着来。

做红烧肉，需要先将买来的上好带皮五花肉切成大小均匀的肉块，然后放在清水中，经焯水后，撇掉上面的浮沫，再将肉捞出，沥干水。

然后便是最重要的一步，熬糖色。之所以说这步骤重要，是因为在熬糖的时候，一定要注意火候和时间，糖熬的时间过久，糖会变苦，做出来的菜也带着苦味，而时间短了，又不能完全化开，油和糖没有完全融合，会有一些危险。最正确的做法，就是在油锅烧热之后，将白糖放进油锅中，然后搅拌，等到糖完全融化、泛沫之时，再将肉下锅。然后加入水，放入葱、姜、盐等调味品，一起炖。

在这里，我不得不提醒一句，千万要注意，将肉上的水沥干，不然受罪的只能是自己。很不幸，当时我就疏忽了这一点，肉上带水，油和糖又没有完全融合，所以在下锅时，热油喷了出来，将我的手臂烫出了很多水泡。不但遭了罪，而且还浪费了食材，做出来的菜简直无法下咽。

后来经过我多番尝试、研究发现，如果在油锅中，先放入葱、姜翻炒，加入酱油等调味料之后，再把五花肉下锅，炒上一会儿，最后放糖，做出来的味道，也和先熬糖色后放调味料没有什么差别。

除了红烧肉，程砚秋还喜欢吃红烧肘子。在他看来，这红烧肘子，是难得一见的肉中佳品。各种美味，只有吃过的人才能体会。

不过，无论如何，我都没有办法想象那样的梨园大师，竟然也会抱着一个硕大的猪肘子吃的场景。只是听说这样的事情，就觉得很有喜感，更不要说亲眼看过的童芷苓了。

据著名京剧女演员童芷苓回忆说，有一次她和程砚秋等人一起去吃饭，当时的饭桌上上了很多类似红烧肉、红烧肘子之类的油腻食物。作为京剧演员，她需要保持身材，保护嗓子，所以基本上从没有吃过这样的食物，看着就觉得没有食欲。而让她惊讶的是，坐在她身边的程砚秋，一边和众人谈笑风生，一边吃桌子上的大鱼大肉，最后甚至将红烧肉和红烧肘子都吃进去了。更让她惊讶不已的是，程砚秋竟然在吃完之后，又吃了几个鸡蛋。

看着程砚秋这样大鱼大肉的吃法，童芷苓有些担心，程砚秋的胃能受得了吗？嗓子能受得了吗？但很显然，她的担心是多余的。因为程砚秋喜欢大鱼大肉、喝酒吸烟、饭量大是出了名的，而且，这都完全无法影响他的身形和嗓音。

其实说起来，红烧肘子还真是一道不错的菜品，不仅味道好，营养高，而且对皮肤好。肘子的肉皮中含有大量的胶原蛋白，多吃能让皮肤更光滑、有弹性。

红烧肘子和红烧肉一样，只是看起来肥腻，但其实吃起来却一点都不腻人，肉质香滑，外皮吃起来有种吃果冻的感觉，软软滑滑的，筷子一夹，直接就能从中间碎开。想做好这道菜，很考验厨师的功力。

红烧肘子是一道经典的鲁菜，现如今，在我的东北老家这里，红烧肘子经常被用作宴席上的一道菜品。制作红烧肘子的过程比较复杂，需要经过煮、抹、炸、蒸四道工序，这四道工序虽说看起来简单，却一步都不容马虎，出了一点差错，做出来的味道就要差很多了。

首先将肘子放入清水中煮至八成熟之后捞出，在肘子外皮上涂抹一层蜂蜜，此步骤旨在给肘子提味。然后再将抹好蜂蜜的肘子放入热油锅中炸，炸至肘子外皮上呈现深红色的时候，将其捞出。

最后一步，无疑就是下锅蒸。这一步是整个红烧肘子的最重要环节，肘子最后味道如何，最后的“蒸”至关重要。不过，在蒸之前，要将肘子的外形削成圆形，且适合碗的大小。然后将肘子下方的瘦肉部分切成深而不透的象眼块，皮向下放在碗里，再在上面放入葱段、姜片、香料等调味料，将事先煮好的大骨汤倒入碗中，以增加肘子的鲜味。然后将碗放入蒸笼中，下锅，旺火蒸两个小时。待揭开锅盖的那一刻，浓郁诱人的香味扑面而来，令人口舌生津。

程砚秋会爱上这道红烧肘子，一点都不让人奇怪。但凡真正鼓起勇气，尝过这道菜的人，又有谁能够从心里抵抗这道美食的诱惑呢？

抛开它自身的营养成分以及对润滑皮肤的作用不说，就说这馥郁而又香浓的香气，这润滑软糯、肥而不腻的口感，又有谁能够不爱呢？

【2】

身为梨园大师，程砚秋却嗜酒如狂，而且最喜烈酒，这不得不说是一件让人既惊讶又惊叹的事情。要知道，对于唱戏的人来说，酒的辛辣最容易刺激嗓子，使人的发声受到影响。但不知是上天太过眷顾程砚秋，还是他的身体真的实在太棒，无论他怎么饮酒、吸烟，仿佛都不曾对他的嗓子造成任何的影响。

程砚秋最喜欢的就是法国白兰地。这种酒很烈，现代人喝白兰地，通常会在酒中掺一些冰块或是矿泉水来降一下酒精的浓度。但在程砚秋看来，“不烈的哪里叫作酒？”他在戏台上虽然唱了一辈子青衣旦角，但他的骨子里却有着典型的男子汉大丈夫的气派。据《荒山泪》的导演吴祖光说：“他抽烟抽的是粗大的烈性雪茄烟，有一次我吸了一口，呛得我半晌说不出话来；喝酒也喝烈性的白酒，而且酒量很大，饮必豪饮。”

生活中的程砚秋和戏台上所表现出来的形象完全不同。人生如戏，戏如人生。程砚秋将自己的一生都奉献在京剧戏台之上。化了妆容，换了装束，登台的那一刻，他就是戏中人物。他的人生，就是戏中角色的人生，戏中角色的人生，也是他的人生。时间久了，也许他已经不知道哪个才是他，哪个才是他自己的人生。

即使到了台下，他亦无法成为真正的自己。他是梨园大师，他的一举一动都备受瞩目，他活在聚光灯下，所有的事情都不能按照心意来做。也许，只有在饮酒后，那种微醺的状态下，他才能真正卸下心防，能够让他暂时忘却他的人生，忘记他的一切。将自己真正的孤独，显露给醉态下的自己。

所以，他大口饮酒，试图通过这样的方式，找回那隐隐被自己遗忘的本来面目。

他应该庆幸，好在这个世上，还有一种东西能够让他感受到放松。如果说美食能够让他饱腹，让他弥补童年时的饥饿回忆，那么，烈酒就是将他带往幸福天堂的阶梯。

他说："两桌粗菜连酒花掉600元，所谓一席饭，穷人半年粮。酒吃过极难过，酒要少吃，太伤身，特记。"显然，程先生对酒也是有着一种复杂的情感的。他既爱酒，同时也知道饮酒过多会伤身，但他却无论如何都没有办法控制自己。

酒能激发他身体内潜藏着的艺术细胞，能慰藉他内心的寂寥与孤独。他虽对酒既爱又恨，但他却无论如何都离不开这种能够带给他奇妙滋味的神奇汁液。

虽然程砚秋荤腥不忌，烟酒不离身，但他从没有忘记，他是一位梨园之人。梨园之人，可以在台下以饭食果腹，追求美食给自己带来的口腹之欲的满足，可以在台下饮酒吸烟，但一旦上了台，就必须对得起自己身上的那套装束，对得起身上的责任。

无论是谁，在台下都可以肆意吃喝，但只要上了台，就必须拿出自己最饱满的状态，将自己最佳的声音献给台下的观众。

程砚秋当然也不例外。作为梨园中的一员，对于上台要"饿唱"

这件事情，他时刻都记在心头。想要在台上让自己的嗓音发挥最佳水平，只有饿着肚子唱，才能做得到。这是自古以来流传下来的方法，自然是有一定道理的。

所以，每次在上台之前，程砚秋晚餐时会吃一些清粥小菜，只要能够维持他一晚上在台上所消耗的热量就可以。因为他知道，晚上回去之后，他还会吃到妻子果素瑛亲手为他做的夜宵，一盘皮黄肉白、肥嫩鲜美、肉质紧弹的白斩鸡。

作为上海本帮菜中较为经典的一道名菜，白斩鸡的做法倒是相当简单。只需要取一只三黄鸡，外加一些简单的葱、姜、盐等调味料，放入清水中煮熟即可。

不过，由于是清水煮鸡，鸡的本身也就没有什么味道，所以要蘸料食用。而这蘸料的口味好坏，就会直接影响这道白斩鸡的味道。作为地道的北京人，程砚秋不喜欢南方所用的偏甜的蘸料，反倒更喜欢果素瑛专门为他调配的香辣蘸料。

一块外皮黄亮、肉质白皙的白斩鸡，蘸上一点香辣酱，原本朴实无华的做法，瞬间提升了好几个层次，再不是清水煮鸡这么简单而无味了。

就像生活，原本的平淡、不起波澜，只要稍微增添一点色彩，就是另外一片新天地。

养颜！倾城！——夏梦的窈窕可餐

【1】

她是金庸的梦中情人，是金庸笔下众多完美女主角的原型，她是香港公认的西施演员。金庸曾说："西施怎样美丽，谁也没见过，我想她应该像夏梦才名不虚传。"无疑，这是对夏梦美貌的高度认可。

北方有佳人，绝世而独立。一顾倾人城，再顾倾人国。这两句话，用来形容夏梦这样的女子，再贴切不过。

毕竟，西施、貂蝉、王昭君和杨贵妃的美貌，我们谁都不曾亲眼见过，但夏梦的照片，只要在网上一搜就能看到。多年前第一次见到那张带着淡淡微笑、穿着旗袍的女子的照片，瞬间就被惊艳到了。我从没想到，这世上竟然还曾有过这样美丽的女子。

夏梦，犹如集合了上天的万般宠爱，是造物主手下最完美的一件艺术品。她外形艳而不媚，端庄典雅，贞静平和，却又时而俏皮活泼。她身材高挑出众，皮肤细嫩水滑，眸子动人心魄，嗓音柔美动听。似乎这世上的所有好处，都落在了她的身上，可偏偏没有人能够对她生出妒忌之心。

因为，她的存在，就是那般的恰到好处。

她是名动民国的著名影星，是电影界的当红名伶，也是“长城三公主”中的大公主。

夏梦原名杨濛，出生于上海，祖籍江苏苏州，后来移居香港。她的一生，出演过许多电影，走过许多地方，她有她的骄傲，也有她的坚持。就像她坚决不喜欢参加各种宴会、聚餐一般，她认为女人应该注重保养自己，爱护自己，每天都应该保证8小时的充足睡眠。所以，她强烈要求她拍戏的时间，都安排在白天的早班和中班。另外，在早上的时候，也应该准备一份能够让自己心情愉快的早餐。

早餐是一天当中最重要的一顿，能够提供给我们维持一个上午的消耗的能量，虽然不需要吃山珍海味、大鱼大肉，但也应该注重营养。夏梦的一日三餐都是荤素搭配、营养均衡的。因为工作的特殊性，有些时候拍戏时间过早，很多人为了多睡一会儿而放弃吃早餐。但在夏梦这里，这是绝对不可能发生的事情，她宁可每天早起一会儿，也要将美味的早餐吃进肚子里。

她的早餐可能并不丰盛，只有一杯果汁、一份面包、一颗鸡蛋，却足够提供她均衡的营养以及身体所需的能量。而午餐，她吃得相对较多。

夏梦的饮食注重健康，少荤腥，少油腻，多水果，多蔬菜，荤素搭配、营养均衡。所以她拥有让别人羡慕的玲珑身材，即使偶尔为了一饱口福，吃上一份超大份的牛排，也不会让她的好身材受到一点影响。

在香港有喝下午茶的习惯。每到下午三点一刻，就是香港人休闲的时光。

每天忙于拍戏，顾不得休息的夏梦，最渴望的就是一天中的下午茶时间。因为只有到了这个时间，整个剧组的人才会休息下来。虽然时间不长，条件也不能和高级酒店的优雅惬意相比，但好在可以让她身心都放松下来。

和一般人追求的精致下午茶相比，夏梦的下午茶比较简单，她只要一杯纯奶红茶或是一杯美式咖啡。虽然没有三明治、小甜点和牛角包，但仅仅一杯奶茶或是咖啡，就能缓解她一天的辛劳。

作为一名演员，她要对自己的身材负责，吃得过多，无疑会对自己的身材造成影响，等到营养过剩、身材走形再考虑减肥，那就一切都来不及了。所以，夏梦在吃东西的时候，会格外注意这一点。她不会因为嘴馋，而摄入过多的糖分与热量，同样，她也不会因为讨厌一样东西，而拒绝对身体有益的食物。

夏梦的日常生活十分简单，除了拍戏，便是和一些小姐妹逛街休闲。偶尔也会到咖啡厅喝上一杯香浓的咖啡，再点上一份精致的小点心，一边聊天，一边享受着午后惬意的休闲时光。

半岛酒店，无疑是最好的下午茶去处。这里环境优美、高贵典雅，东西方建筑特色的完美结合，让这座酒店成为了香港独一无二的一处存在。不论是香港本地人还是外地的游人，但凡踏上了香港这片土地，便会不由自主地想要来半岛酒店转上一圈。感受一下这里的古典与时尚相结合的氛围，品尝一下这里独具特色的茶点。

现如今，越来越多的人都在追求这样的下午茶悠闲时光。三五个人，在工作或学习之余，忙里偷闲，在环境优雅的咖啡厅，买上一杯咖啡或奶茶，点一份精致的小点心，一边闲话八卦，一边品味美食，享受难得的休闲时光，让身心得到一刻的放松，是一件再好不过的事情。

不是有人说了嘛，“偷得浮生半日闲”。人生最美的时光，无疑是和三五个朋友聚在一起，偷得半日悠闲的时光。

【2】

自古有言，女为悦己者容。这世上，没有哪个女孩子不爱美，如果有一种方法，可以让女人青春永驻、美貌常在，我想没有哪个女人会不为之动心。

而对于站在聚光灯下的女明星们而言，她们外表的一点小瑕疵，都会被放大数倍，在这样的情况下，额头上的一粒小痘痘，都能瞬间成为毁掉她们星途的导火索。所以，她们更加在乎自己的容貌与身材。

为了能够让时间在自己的身上走得更慢一些，将美好的容颜留住，民国的女子们，可谓用尽了各种方法。无论是药品还是补品，她们都不惜花重金买来使用。当然，夏梦也一样。

身为民国最受瞩目的“大公主”，她的一丁点变化，都会被人注意到。但只要是人，就会走向衰老的，为了抗击时间，夏梦也和当时的众多爱美的女子一样，将目光锁定在滋补佳品——燕窝的身上。

燕窝，顾名思义，就是燕子搭的窝，只不过和普通的燕子窝不同，这种能够食用的燕窝是由金丝燕筑的。燕窝具有护肤养颜、抗疲劳、抗衰老等功效，不仅能够使皮肤更加光滑有弹性，还对预防多种疾病有良好的疗效。这么多的好处，自然使得燕窝成为众多名门贵女们保持容颜光彩照人的宝贝。

夏梦最喜欢吃的是冰糖燕窝，与别人每日早晚都食用燕窝不同，夏梦保证每周只吃三次。冰糖燕窝是秋季滋阴润燥的佳品，能够补肺养阴，镇咳止血，但是食补见效毕竟相对缓慢，再好的东西，也是需要给足身体吸收的时间的，所以在食用燕窝的时候，也应该讲究用量和周期。而夏梦的一周三次的吃法，恰好可以让身体将燕窝全部营养成分都吸收。也不至于因为每天都吃，而造成无法被吸收的部分在身体里堆积，从而给身体带来一定负担，或者未被吸收的营养直接排出体外，造成浪费。

中国人自古以来就有食用燕窝的记载，早在唐朝时期，燕窝就曾是上层社会女子的滋补佳品。在《红楼梦》中，曾多次写到贾府吃燕窝。例如，第45回宝钗因黛玉多咳，推荐了一个良方，既可以治咳嗽，且为膳食，就是燕窝粥。

女人都是水做的，需要用上好的东西来滋养。而燕窝的营养价值，无疑是给女人最好的由内而外的营养补充，从而让女人神采焕发。每一个聪明的女人都懂得抓住最好的机会，来让自己的容颜更上一层楼，所以，坚持长期服用燕窝，无疑是最好的选择。

夏梦是聪明的，她不仅明白燕窝如何吃，更知道吃何种燕窝，才能让其发挥出最大的功效。

在制作冰糖燕窝的时候，夏梦选择的是上好的野生白燕盏。白燕盏在众多燕窝中最嫩，形似元宝。由于燕窝是干货，在煮食前，需要先将其浸泡三至四个小时。等到燕窝膨胀变大，变得柔软，就说明燕窝已经泡好了。此时需要将燕窝中可能存在的杂质捞出来，毕竟燕窝是燕子用口水搭出来的窝，难免会有一些燕毛或是其他的东西。

此时便可以烧水，然后将冰糖加入锅里文火烧煮的清水中，直至冰糖融化成粘汁时，用纱布过滤去杂质，再将澄净的冰糖汁倒入盛有燕窝的小炖盅里，最后将炖盅放在笼屉上蒸五分钟左右，就可以出锅食用了。

虽然冰糖燕窝的做法看起来比较简单，但其实也有一些值得注意的地方，比如在泡发燕窝的时候，尽量不要使用自来水。自来水里含有氯离子，很容易损害燕窝本身的营养结构，造成营养流失。

【3】

夏梦虽然生于上海，但她祖籍苏州，她的骨子里就带有苏州女子的温婉与柔美。苏州的美食养就了她的味蕾。从小，她所食用的食物，全都是带有苏州风味的菜品，而她对于苏帮菜的炖、焖、煨的烹调技法也甚是喜欢。

她喜欢苏州的姑苏卤鸭、蟹粉豆腐、百叶结烧肉、银杏菜心，还有松鼠鳜鱼。相反，虽然她生长于上海，却无论如何也对上海本帮菜喜欢不来。

苏帮菜大多讲究的是清淡、鲜甜可口，但当时的上海本帮菜却注重浓油赤酱。夏梦是一名演员，对身材有着严格要求，所以她更喜欢清淡爽口的菜品，而那道透着淡淡茶香的碧螺虾仁，便是她最喜爱的一道苏帮菜。

晶莹剔透的虾仁，配上清香四溢的碧螺春，色泽素雅、明亮，无疑将苏菜的优点全部体现了出来。虾仁洁白如玉，绿色茶叶点缀其上，入口带着一股淡淡的茶香。紧致弹牙的虾仁，带着清新的茶香，瞬间充满口腔，让人回味无穷。

夏梦喜欢这样淡淡的味道，在外忙碌了一天之后，回到家里，能够吃上一份清淡的食物，不仅可以享受此时的闲适，还能让她忘却一天的烦恼。

自从跟随家人来到香港之后，身边的一切都变得那么陌生。进入影视圈后，这样的感觉更深。她的身上有了很大的压力，但她知道，为了未来她不允许自己就此放弃。所以在外时，她时时保持微笑示人，只有回到家里，闻到这熟悉的碧螺虾仁的诱人清香，她才知道，自己真的可以放松了。这里再没有什么小报记者，也再没有需要应酬的地方。

紧绷了一天的神经一旦放松下来，饿了半天的肚子也就不争气地叫了，那还等什么？自然是敞开肚皮吃起来。在最爱的美食面前，即使是外人面前的“大公主”，也可以卸下所有伪装，变成一个“小吃货”。

而此时再来一份粤式甜汤，那是再好不过的了。来到香港之后，夏梦惊奇地发现，香港这里似乎人人都喜欢煲汤，无论是看望病人还是在家休息，都要煲汤，总之，只要闲来无事，那便要煲汤。

为了尽快融入香港的生活氛围，夏梦自然也要学习煲汤。但煲汤可没有想象中的那么简单，并不是随便拿来一口锅，将食材放进去，炖上几个小时就可以了。煲汤是有很多讲究的，首先在火候上就要注意，煲汤要的就是文火慢炖，而且一炖就是几个小时的时间。

除了这些之外，在煲汤的过程中，不能因为锅中的汤水变少，便不管不顾向里面加冷水，这样会使蛋白质等营养物质无法充分溶解于水中，汤的滋味会变淡。也不要总是掀锅盖查看锅内情况，那样会使汤的香气都逸散出去。

夏梦比较喜欢喝的汤是四物汤，这种汤由当归、熟地、川芎、白芍加上排骨一起熬炖而成，味道鲜美，口味极佳，而且能够补血养气、滋润皮肤。

夏梦的饮食生活中，处处都透着她的养生之道，所以，即使如今已经八十几岁高龄，她依然身体健朗，容光焕发，皮肤细腻有光泽。在面对媒体时，仍然可以侃侃而谈。

夏梦，她还是金庸眼中的最美西施，还是世人心中的“大公主”。

凤爪！干果！——小凤仙的零碎美味

【1】

她虽出身风尘，却从不曾妄自菲薄，因为每一个沦落在烟花柳巷的女子，她们的身上都有着不为人知的心酸。没有人从一出生开始，就甘心沦为被人玩弄的下等人，她亦是如此。上天没有给她选择出身的权利，但她有选择未来道路的自由。

她也曾是名震上海、名满京华的一代侠妓。她通过自己的努力，成功帮助共和名将蔡锷逃出袁世凯的掌控。她在用自己的方式保护自己心爱的男子。虽然她也曾幻想能够和心爱的男子站在一起，但当命运又一次捉弄了这个外表坚强的女子时，她带着自己的心伤，从此在众人眼中消失。

她，就是民国一代风云人物——小凤仙。

烟雨濛濛中，她身着一袭优雅的旗袍，朝我们款款走来，脸上带着对这个世界的淡漠与疏离，但那双眸子的深处，却充满着对生活的热爱与对这世界的期待。

没有人愿意永远委身于风尘中，她亦如此。但就算不满自己的身世又能如何，她终究不过是一个穷苦百姓罢了。好在，她还能够让她喜爱的美食常伴她的左右。

和陆小曼一样，小凤仙也格外喜欢零食。无论是瓜子、花生一类的坚果，还是各色糕点、零食，都是能让她心情愉悦的美食。仿佛只要嘴中吃着这些小零食，她就能忘记曾经那段不堪的往事带给她的伤害一般。

小凤仙出生于一个落魄的满族家庭，父亲去世后，由于母亲是偏房，在家中处处受到主母的刁难，于是母女二人离开了主家，单独生活。母亲过世之后，她又被人收养，但因为战乱，她们也衣食无着落。于是，她跟着一位艺人学戏，从此开始了从艺卖唱的生活，并取名为“小凤仙”。

也许是曾经那段学戏、唱戏的经历给她带来的影响，后来的小凤仙也格外喜欢听戏。每当闲下来的时候，小凤仙总会到附近的戏园子听上几出戏，而这时，她的手边，总是会放上一盘瓜子。

吃瓜子是一件十分优雅的事情，尤其是看一位容貌靓丽的淑女吃瓜子，那简直就是一种享受。在丰子恺先生的《吃瓜子》中，就有这样一段描写：

女人们、小姐们的咬瓜子，态度尤加来得美妙：她们用兰花似的手指摘住瓜子的圆端，把瓜子垂直地塞在门牙中间，而用门牙去咬它的尖端。“的，的”两响，两瓣壳的尖头便向左右绽裂。然后那手敏捷地转个方向，同时头也帮着了微微地一侧，使瓜子水平地放在门牙口，用上下两门牙把两瓣壳分别拨开，咬住了瓜子肉的尖端而抽它出来吃。这吃法不但“的，的”的声音清脆可听，那手和头的转侧的姿势窈窕得很，有些儿妩媚动人。连丢去的瓜子壳也模样姣好，有如朵朵兰花。

你看，那些夫人、小姐们就连吃瓜子这样的小事，也能吃出美感，吃出妩媚来，兰花指一翘，一脸惬意，是不是和戏台上的演员们有几分相似呢？

小凤仙定然也是和这些夫人、小姐们一样，一边拈着兰花指，品尝着零碎的瓜子美食，一边听着喜欢的戏曲。这样平凡而闲适的生活，不正是她一直追求与渴望的吗？

小小的一粒瓜子，外表看似不起眼，但内里却有着一片乾坤。就如同她的人生，虽然在世人的眼中，她不过是一位伶人、一代名妓，但她的内心，却有着另一番天地。她热爱生命，热爱国家，她也希望能够通过自己的努力，让自己心爱的人早日摆脱被人监控的日子；她也希望她爱的那个男人，能够早一点带她走出这种被人掌控的生活；她也希望她所热爱的这个国家，能够早日摆脱现在的情形，可以让国人拥有更好的明天。

只是，她现在做不了太多，除了安安静静地听着台上的戏曲，吃着口中的瓜子，没有什么事情是她现在可以做的。她一个人的力量太过单薄，就和这小小的瓜子皮一样，只要被人拿在手中，轻轻一捏，瞬间便会从中间碎开。失去了保护的瓜子仁，只能任人宰割。脱了她身上这层看似光鲜的外衣，她不过是北京八大胡同里的一位二流妓女，虽然这样的身份并不能让她自卑，却让她伤心。因为出身的缘故，她无法和心爱的男人站在一起，但她又庆幸自己的身份，正因为她特别的身份，她才能和心爱的男子一起演那么一出戏，来迷惑敌人。

想了那么多，最后也只化作口中瓜子皮被咬碎的那一声“咔”。当带着芳香之味的瓜子仁触碰到柔软的舌尖时，小凤仙的耳中，似乎听到了来自另一个世界的美好声音。这一刻，她不再是无依无靠的孤女，也不再是命运可以被人随意拿捏的伶人，她是有人疼爱的幸福女子，就如这台上的戏曲一般美妙，就如口中这声脆响的“咔”一样动听，她知道，她的松坡（蔡锷，字松坡）一定会疼爱她，与她一起寻找幸福的未来。

小凤仙喜欢这种能够发出“咔咔”声音的坚果，所以平时闲来无事的时候，她的手上总会拿着一捧花生。一边津津有味地看戏，一边坐在角落里剥花生。

她和那些打扮得花枝招展的姐妹们不同，她的心，从没有放在招揽客人这件事情上。如果不是那一次无意中遇到了蔡锷，她这一辈子或许都不知道和一个男人独处一室，是什么感觉。与其让她对着一个陌生的男人说笑，不如让她躲在一个角落里剥花生来吃。

这种“咔咔”的声音，仿佛这世间最美、最动听的音乐。还有那里面首尾相连的两粒粉白的小家伙，似乎一对正在亲吻的恋人一般，样子甚是有趣。就连老舍先生也在自己的文章《落花生》里写过这样的一幕：

你看那落花生：大大方方的，浅白麻子，细腰，曲线美。这还只是看外貌。弄开看：一胎儿两个或者三个粉红的胖小子。脱去粉红的衫儿，象牙色的豆瓣一对对的抱着，上边儿还结着吻。

多么形象啊！在小凤仙的眼中，这可爱的花生，就好像是她的朋友一般，有着婀娜多姿的身材，能够发出动听的声音。

其实说到底，她自身与这花生倒是有很多相似之处。花生曾深埋在土壤之下，而此时的她，身处在这样的环境之中，不也如明珠蒙尘、埋于土壤之下的花生一般吗？她也在等待着有一天，能够有人将她从土壤中挖出，让她见一见这世间的光明。

而蔡锷，无疑就是能够将她带离土壤的人，只是，上天似乎从来都不曾善待过这个女人，她以为未来就在眼前，可她等了那么久，最后却只等来了蔡锷离世的噩耗。在蔡锷的丧礼上，她送上了亲自书写的一副挽联："万里南天鹏翼，直上扶摇，那堪忧患余生，萍水姻缘成一梦；几年北地燕支，自悲沦落，赢得英雄知己，桃花颜色亦千秋。"

她就和她喜欢了一辈子的花生与瓜子一样，在坚硬的外壳下，包裹着一颗柔软而脆弱的心，没有人知道她在知道蔡锷离世之后，究竟有多么悲痛，就像没有人知道在坚果的外壳下，里面的果仁究竟是何种模样一般，她用独属于她自己的方式，悲伤着她的悲伤，从此在世人的眼中消失了。

【2】

如果不曾遇到蔡锷，也许她还是北京八大胡同中的艺妓小凤仙，而不会成为后来轰动一时的小凤仙。

虽然命运这种事情，没有人能够改变，也没有人能够提前预知，但对于早先的小凤仙来说，她并不是特别关心明天的自己该何去何从，因为她知道，只要自己的身边有她爱吃的坚果，有她爱吃的凤爪，那么，至少今天的她，就是幸福的。

是的，她对自己的生活，没有太多刻意的追求。她只是一个对喜爱的食物有一定执着的小女人，毕竟，对于身不由己的她来说，想得太多也是徒劳无益。一旦踏入了风花雪月的圈子，又怎么能轻易地全身而退？

与其将时间浪费在渺茫的事情之上，不如吃美味的凤爪。

小凤仙出生在杭州，虽然后来又辗转在上海和北京生活，但她对于家乡的美食却非常喜欢。她爱苏杭的风味，尤其喜欢那味道鲜美的卤煮凤爪。

在世人的眼中，小凤仙多被描述成清冷孤傲的女子，但只要当她的面前放着卤煮凤爪的时候，清冷孤傲如小凤仙，也不由得褪下她身上的那层冰霜，发自内心地露出一抹恬淡的笑容，并对其赞上一句“美味”。

凤爪，相信我不解释，大家也一定知道这不是凤凰的爪子，而是我们经常吃的鸡爪子。凤爪皮多、筋多，虽然看起来没有什么肉，好像不值得一吃，但实际上，当你真正亲口咬上一口时，你就会发现，原来这看似不起眼的东西，竟然也这么有嚼劲，而且味道相当不错。

是的，因为筋多，所以在吃凤爪的时候，特别有嚼劲；再加上凤爪富含胶质，多吃还能达到美肤美颜的作用，因此很多年轻的女孩子都十分喜欢吃卤凤爪。现在，商家为了方便买卖、满足顾客的口味需求，还研制出了多种口味的凤爪，如泡椒凤爪、酱鸡爪等，既有单独一只的独立包装，也有多只凤爪的包装，都深受大众喜欢。

除了能在商场中买到现成的卤凤爪之外，我们还可以在家中自己动手制作一盘美味的凤爪。制作凤爪的方式通常有卤、煮、酱几种，小凤仙最喜欢的便是卤味凤爪。

在制作卤味凤爪的时候，最重要的就是卤汤，凤爪的浓郁香气，就靠着这一锅汤料。卤汤由多种调味料混合煮制而成，在卤汤里面，通常会加入八角、丁香、花椒、甘草、白芷等十余种材料，下锅之后，用文火慢煮，直到汤的颜色变成浓郁的褐色。

卤味凤爪口味偏咸鲜，色泽呈现绛红色，食用的时候，骨肉极易分离，皮层柔软，骨头酥烂。凤爪上的肉营养丰富，肉质细嫩，易消化，在休闲的午后，坐在窗前，慢慢吃上一盘凤爪，再饮一杯果酒，真是再好不过的选择。

而使用过的卤汤不需要倒掉，因为还可以再次使用。可以说，每一次卤制出来的凤爪，都会比上一次味道更加鲜美。就像一坛好酒，时间越久，才会越醇香。

卤味凤爪自然是好吃的，但对于喜欢食辣味的人来说，卤味凤爪的口味还是偏淡了一些，就如这生活，如果都是那般清淡如水，也就少了很多乐趣。这个时候，不妨尝尝泡椒凤爪。

在吃凤爪的时候，切不可着急，应该先将凤爪的骨节一节一节地咬下来，然后通过牙齿与舌头的紧密配合，将骨节上的骨头和皮分离开，吃骨节的时候，千万不要急，一定要耐着性子，一点一点将五只脚趾都吃掉。此时你会感觉到整个口腔都充斥着火辣辣的感觉，或许舌头也有一些轻微麻了。接下来要将剩余的脚心部分吃掉，这个地方肉质肥美，是整个鸡爪的精华所在。虽然很辣，让你不得不“咻咻”地吸气，但这种感觉却还是很让人享受的，而这就是泡椒凤爪的魅力。此时只有一个字能形容现在的感觉，那就是——爽！

特色！生食！——荀慧生的直率豪爽

【1】

今年年初，出差去了一趟北京，忙完正事之后，已经到了晚上八点多。手上有事情做的时候还不觉得饿，一闲下来，就听到了肚子咕咕叫的声音。恰好住的酒店离北京著名的南锣鼓巷只隔了两条街，于是我和同行的同事一起，两个人步行着朝那里走了过去。

本以为时间还早，像南锣鼓巷这样的地方，至少也应该有一些吃饭的馆子还开着门，但貌似那天确实走了背运，恰好北京降温，不久前又下了雪，人走在街上只觉得寒风刮面。所以不仅街上显得格外冷清，就连胡同里两边的店铺，也都早早打烊了。

两个人饥肠辘辘，似幽魂一般，在胡同里来回穿行着，样子有些可怜。本来想吃些热的饭菜，可最后连歇脚的地方都没找到。就在我们东拐西绕，准备回酒店的时候，在一个拐角处看到了一个卖爆肚的摊子。

那摊贩也是在寒风中冻得哆哆嗦嗦的，双手不停地在嘴边哈着气。许是半天没有见到顾客了，看到我们两个人走过去，眼睛闪烁出光亮，连忙热情地询问我们要吃些什么。

也顾不得在外面站着等食物究竟有多冷，再冷也比饿肚子好很多，我们毫不犹豫地点了两份爆肚。只见那小摊贩掀开一直烧着水的锅盖，将牛百叶迅速下锅，手中的筷子还不停地搅动着。

透过锅中冒出的水汽，看着锅里迅速搅动着的美食，我脑海中突然浮现出了“四大名旦”中的荀派创始人荀慧生老先生。他不就是最喜欢这道爆肚的吗？他是不是也曾和我一样，在寒冷的冬天，为了吃一次温暖的食物，而站在冷风中等得瑟瑟发抖，但心里却觉得温暖与欢喜？

爆肚是一个相对笼统的称呼，其实仔细划分，可以分出很多种。而荀慧生最喜欢的爆肚，准确来说应该叫“羊散丹”。

羊散丹是羊胃中的一部分，因为上面有很多圆形的小疙瘩，就像一些小小的丹药丸撒在上面，所以被称为羊散丹。羊散丹是华北地区的称呼，其实它就是我们通常所说的“黑百叶”。这个地方肉质鲜美、口感脆嫩，在爆炒之后，气味幽香，口味清淡，老少皆宜。

荀慧生最喜欢的便是油爆羊散丹，每次吃到这道菜，都对其赞不绝口。除了爆炒，他还喜欢食用经过高汤烫制之后，散发出浓浓鲜味的羊散丹。用筷子夹着烫好的羊散丹，蘸一下特制的调味酱，咸香爽口、口味适中，嫩滑软弹的口感，一点也不亚于爆炒之后的脆嫩鲜香。

其实荀慧生对美食并没有特别高的要求，只要让他看着顺眼，吃着够味儿，即使是在大街上随意吃的一种小吃，也能让他怀着感恩的心情，将其慢慢吃进肚子。也许，这和他幼年时期的遭遇有一定关系。

1900年，荀慧生出生于河北一个普通的手工业者家庭。幼年时家里贫穷，1907年，不堪忍受贫穷的父母带着一家人到了天津谋生。之后，他和哥哥两个人被卖到了戏班学戏。学戏的日子很苦，他们兄弟二人经常遭受打骂，哥哥不堪忍受这般痛苦，便独自逃走，从此就剩下荀慧生一个人。后来他又被转卖，甚至沦为家奴。

这段过往对荀慧生来说，当然算不上是美好的回忆，但即便如此，那些记忆中的美食味道，却深深印在了他的脑海里。他喜欢河北的驴肉火烧，喜欢煎饼盒子，这些味道虽然普通，却能够让他想起小时候在家乡时，虽然穷，却无忧无虑的生活。

相比于童年时期的辛酸苦楚，他后来的人生，则要丰富多彩得多。荀慧生一生中的大部分时间都生活在北京，这里是他成名的地方，有他难以割舍的别样情怀。

他喜欢北京城里胡同与胡同之间的紧密连接，喜欢人与人之间的信任和热情。他还喜欢胡同里的京味飘香，每次从戏园子回家，穿梭其中，总能看到胡同两边有小贩正在烹饪各色小吃，看着人来人往，嗅着鼻中香味，体会着老北京人骨子里的热情，荀慧生卸下了一天的疲惫，真正融入到丰富多彩的生活中。

这不就是他所向往的吗？平淡、安逸。

只是可惜，现在这样的景致再难见到了。城市规划将曾经街边胡同里的小摊全都搬入了室内，一些街边美食也驻扎在了饭馆、酒店中，很多特色小吃也随着时间的推移，失了原来的味道，渐渐淡出了人们的视线。这对喜欢美食的“吃货”们来说，绝对是一件伤心的事情。

荀慧生喜欢在热闹的胡同里，找一处安静的角落，要上一碗带着地道老北京味道的炸酱面。炸酱面香气浓郁，酱味咸淡适中。有时，摊贩为了给炸酱面提鲜，还会向酱料中加入少许白糖。不过白糖的甜味并没有体现出来，而这对于荀慧生来说，只咸不甜的炸酱面，根本无法满足他那颗喜爱甜味的心，所以他经常会在众人的瞠目结舌中，将大量白糖倒入炸酱面中，然后大快朵颐。

荀慧生喜欢吃甜味炸酱面这件事，在北京城里几乎尽人皆知。由于吃法特别，无论是面馆的小二，还是面摊上的小老板，只要见到了荀慧生光顾，不需要他说什么，这些人就会直接在端给他的面碗中，加入大量白糖。

他之所以这么喜欢吃甜口，和童年时的那段辛酸过往，有着密不可分的联系。对于贫穷人家的孩子来说，吃不饱穿不暖都是常事，而那甜丝丝的白糖更是被划入了奢侈品一列，一年到头，都未必能吃上一口白糖。

“得不到的，总是最好的”，童年时的渴望，总是能轻而易举地成为我们心中最深的执念，所以荀慧生一直这样深爱着白糖，也就可以理解了。

【2】

作为京剧“四大名旦”之一的荀慧生，一生中走南闯北，到处演出，自然也能品尝到各地的美食。除了家乡的小吃、北京的美食外，荀慧生还喜欢江南的糕点和醉虾。

醉虾是一道比较经典的传统沪菜，这道菜做法非常简单，以至于在一些宴客的大场面上，都见不到它的身影。当地人也只将其列为特色风味小吃，只偶尔和亲友聚会时，点上一盘，大家一起品尝一次。

醉虾，顾名思义，就是虾喝醉之后做成的菜品，所以这道菜的食材，除了虾之外，便是酒。

不过，在制作这道菜的时候，有一点应该要格外注意。醉虾所选择的虾均来自于附近的淡水河中，而虾在河水中长期生长，身上除了会带有一定量的泥沙外，体内难免还会带有寄生虫一类的东西。醉虾，作为一道生吃的美食，想要避免“病从口入”，就一定要格外注意“水洗”这个步骤。

尽可能地将虾洗得干干净净，然后将虾枪、须、脚剪掉，之后将虾剩下的肉质肥厚的身体部分放入碗中。在处理这些步骤时，一定要保证虾还活着。

此时，可以根据个人的不同口味，向洗净之后的虾中倒入喜欢的酒品。无论是烈如白酒，还是绵如干红，不同口味的酒品，自然也能给人带来不同的感官体会，总之，无论哪种味道的酒所制作出来的醉虾，都是很不错的选择。

在酒倒入碗中的时候，碗中的虾会如初尝美酒时的人一样，兴奋而激动，它们会因为酒精的作用而兴奋得在碗中跳跃。为了避免虾子跳出碗口，需要在上面加一个盖子。等到碗中盛放的虾安静不动时，就证明此时的虾已经饮酒过量，醉成烂泥。此时揭开盖子，一股酒味会扑鼻而来，而刚刚还发出“噼里啪啦”声音的虾子，则早已睡死在碗中，身体也呈现出一种半透明的状态。

就是这样简单，一道带着浓郁酒香的醉虾便做成了。在食用这道菜品的时候，可以搭配一些调制好的酱料，味道会更佳。

制作酱料比较简单，只需要少量的盐、酱油等调味料，搭配蒜、姜等物一起，再配上一些醋和味精。如果喜欢吃辣，还可以加入一些辣椒末，一起搅拌均匀即可。

虽然荀慧生非常喜欢醉虾，但他知道，即便用水清洗得再认真，也只能将虾表面的泥沙去掉，却无法将虾体内的寄生虫清除，所以在吃这道菜品的时候，他从不曾多食。每次只吃几只，虽然有些遗憾，但总好过身体患上肠道感染或者其他消化道疾病。否则，非但没有享受到美食带给自己的快乐，反倒还要因为疾病而痛苦，岂不是得不偿失？

荀慧生之所以会喜欢醉虾这道菜，和他喜欢饮酒有非常大的关联。和程砚秋的豪饮不同，荀慧生在没有演出的时候，喜欢在家中小酌几杯。正所谓“大饮伤身，小酌怡情”，荀慧生作为京剧大师，自然明白过量饮酒会对身体，尤其是嗓子造成无法预料的伤害。所以，他从不会让自己喝醉。

酒，在他的眼中，只是一种放松心情的调味剂，是他在台下生活中的一抹色彩，无论面对什么样的境况，只要面前有酒，他就能放松心情，用释然的情怀来面对一切。

而在众多酒中，唯一入了他的眼的，是绍兴的花雕酒。

花雕酒绵柔醇香、馥郁芬芳，仅一滴酒，就能让人品尝出人生的酸甜苦辣、世间百态。这不是一般酒品可以与之相比的，这是经历了岁月的沉淀之后，遗留下来的深度与广度；是只有像花雕酒这样，经历了十几二十年的发酵之后，才产生的值得回味的独特魅力。

和带着酱香味道的茅台不同，花雕酒在制作方法上，采用窖藏方式。上好的糯米，加上优质的麦曲，经过蒸馏和发酵，之后再用特殊的窖藏方式所制作出来的花雕酒，不仅颜色橙黄清澈，还香味芬芳。

这样带着深度的酒，才和荀慧生这样的京剧大师最为搭配。越久越香浓，越久越芬芳，这样的慢工制作出来的酒，和荀慧生的一生有着诸多的相同之处。荀慧生也将“慢”贯彻始终，他一直用着悠然的态度、淡然的心性，来面对这个世界，用自己独特的目光审视着一切。无论是做事，还是生活，他都不带着一丝浮躁，只有这样的人，才能成为真正的大师，才能被后世敬仰。

第四章

/

民国名士舌尖上的豪迈与威武

辽菜！川菜！——张学良的只道寻常

【1】

距离我家大概10分钟车程的地方，有一处沈阳的著名旅游景点。这里每年都能吸引数以万计的游客来观光游玩。尤其在电视剧《少帅》热播后，越来越多的人开始关注这里。他们或因那些埋藏在时光深处的爱情故事，或因曾经叱咤风云的战争英豪而驻足在此。那段过往，虽早已离我们远去，但他们的故事，却一直在人们的心中，不曾被忘却。

这里是他们的故乡，有他们最爱的家。

张氏帅府，如同沈阳故宫一般，屹立在盛京的土地上，虽经历了百年风雨，走过了战火纷飞的年月，却风采依旧。

1914年夏天，张作霖将原本的住宅全部拆除，之后下令重建帅府。两年后，新的帅府建成，张作霖携全家人一起，搬进了这座三进四合院中。而这其中，就有后来发动了震惊中外的“西安事变”的少帅张学良。

张学良是张作霖的长子，也是张作霖最疼爱的儿子。张学良出生的时候，张作霖因为遭到金寿山和俄兵的联合偷袭，不得不踏上逃亡之路。也就是在逃亡八角台的路上，张学良于一辆马车上出生了。

那段日子非常艰苦，张学良和母亲、姐姐一起漂泊在辽西乡间。因为生活拮据，日子过得艰辛，母亲的奶水很少，根本无法让张学良吃饱，无奈之下，只好给刚出生的张学良喝米汤，以保证他能活下去。也正因为年少的时候缺乏营养，所以少年时期的张学良，身体一直孱弱。

也许是因为对儿子幼时的亏欠，也许是真正喜欢这个聪明伶俐的大儿子，总之，从小体弱多病又聪明机灵的张学良，深得大帅张作霖的疼爱。在家中其他兄弟姐妹都只能聚在一起吃东院大厨房做出来的普通饭食时，张学良却可以和父亲生活在一起，每天吃“小灶”。

这小厨房是专门为张作霖和他最宠爱的五姨太寿氏供应伙食的地方，而曾经被张作霖邀请过的宾客们，大多对小厨房的精致美食留下了深刻印象。小厨房的厨师，均是当时奉天城比较著名的餐馆主厨。由此可见，小厨房所制作出来的食物，定然是十分美味的。张学良对美食的最初印象，就是从这一时期开始的。

张学良整日和父亲张作霖一起吃饭，张作霖的饮食习惯，自然也深深影响了年少时期的张学良。那个时候，大帅府中小厨房的厨师，烧得一手好辽菜，就是在这个时期，张学良开始喜欢上了辽菜。

他最喜欢吃厨师所做的“错菜”，还称其为辽菜中的小菜的代表。在制作错菜时，需要将一些新鲜的蔬菜切碎，然后将其浸泡在虾油中，装进坛子中密封，等到第二年春天的时候，再取出来食用。

除了错菜之外，张学良还喜欢吃东北的白肉血肠。白肉其实就是猪肉，早期的古代帝王和族长在祭祀时所用的祭品猪肉会被称为白肉。白肉血肠这道菜在东北非常常见。尤其是在20世纪80年代以前，那会儿的农村，几乎家家都养猪，逢年过节，乡亲们会杀猪，然后自制血肠，做成杀猪菜，用酸菜猪肉和自制的血肠一起，做成一道酸菜白肉血肠。

用大锅制成的白肉血肠，在掀开锅盖的一瞬间，菜香四溢，引人食指大动。而菜品中的白肉肥而不腻、肉质软滑，血肠色彩明亮、鲜美细嫩，酸菜酥脆爽口，味道十分鲜美。

白肉血肠是东北比较著名的菜品，现在在很多餐馆仍能寻觅到这道菜的身影。不久前，我自己也做了一次，遗憾的是，因为血肠下锅的时间没有掌握好，最后导致血肠裂开，整盘菜都被猪血染成黑红色，看起来不怎么样。好在，味道确实不错。

虽说菜品讲究色香味俱全，但不是也有“人不可貌相”这一说法吗？即使菜品做得再丑，味道好吃，那就是王道！只要拥有一颗追求美食的决心，无论多难的菜品，经过几次实践，总能做成功。

做人和做事一样，不强求，但也不能半途而废。遇事时，要用一颗平常而淡然的心来面对，就和张学良一样。如果他不是拥有一颗平和的心，在面对半个世纪的囚禁生活时，又怎么能活到101岁的高寿？

不过，再心态平和的人，在面对自己喜欢的美食时，也会变得不那么淡定了。张学良在一次银行经理宴请的宴会上，尝过红烧肉的味道之后，从此对其念念不忘。即使回到府中，也常常对赵四小姐说起这红烧肉的甜软香糯、肥而不腻的口感，是多么美妙，多么让人无法忘怀。他甚至还为此特地写信给那位银行的经理，表示想要再吃一次红烧肉，所以向其借用一下这位大厨。那位经理对此心领神会，在接到信件之后，马上将这位擅长做红烧肉的大厨送到了张学良的府上。而张学良对这位大厨的喜爱究竟有多深，就看他给这位大厨每个月开出的相当于现在几万块人民币的高薪就可见一斑了。

在民国时期，厨师的烹饪水平和府上主子的饮食情况，往往象征着这家主人的身份，张学良作为名声响亮的少帅，府上的厨师自然也不会差。除了这位会做红烧肉的大厨之外，张府中还有很多优秀的厨师，他们在制作每一道菜时，也都十分考究。

少时因为身体较弱，张学良的饮食总是以能够补充营养、滋补身体为主。而虾不仅有很高的营养价值，而且味道鲜美。所以，少时的张学良经常吃虾仁，来补充身体所需的营养。

就连张府中的宵夜，厨房准备的也是和虾有关的小吃——虾片。精制面粉与鲜美的虾汁混合之后，制作成晶莹剔透的虾片，在下锅油炸之后，原本小小的虾片，瞬间膨胀变大，颜色也由最初的白色变成美丽的淡黄，这整个过程都让人激动不已。而炸熟之后的虾片，口感酥脆，既没有一般油炸食品的油腻，又带着淡淡的虾子鲜味，只一口，就让人欲罢不能。

除了虾片，张府的厨师还会做一种大酱腌肉。这道菜的做法简单，熟肉用酱腌好之后，再进行简单烹饪，即可食用。虽然简单，却深得张学良的喜爱。在他驻扎在北平的那段时间，这道菜几乎每餐必备。甚至在宴请达官贵人的时候，也会在上完山珍海味时，再命人端上一盘大酱腌肉。

这道菜我小时候吃过几次，后来家庭条件变好了，家里有了冰箱，可以冷冻储藏猪肉，再加上听说经常吃腌渍食品容易导致癌症，此后家里便不再做了。虽然早已忘记腌肉的具体味道，也不知道该如何形容，但当初吃腌肉时内心的激动和喜欢，却一直留存在我的脑海之中，未曾消失。

以前农村老家那边，总有几家会在过年的时候杀一头猪，除了自己家吃之外，还会卖给左邻右舍。每家每户都会买很多猪肉，吃不完也不用担心，可以直接放在室外冷冻。要知道东北的冬天，室外温度都在零下二十度以下，纯天然大冰箱，想冻什么就冻什么，说起来也是蛮自豪的。

但过年之后，温度慢慢回升，早年时，家里比较穷，没有冰箱，肉容易坏掉，家里人便将肉煮熟之后，装在纱网中，或者直接用缝衣服的细线将肉缠成一个球状，然后扔到自家制作的黄豆酱的酱缸中。腌几个月之后，将其捞出，用水洗净外面的大酱，然后再蒸熟，过油之后切片食用。

虽不记得具体味道，但我知道，这腌肉绝对很好吃。不然，我不会一提起大酱腌肉，口中的唾液腺比大脑更迅速地做出了反应。

是的，我的口水差一点就流了出来。

【2】

在第二次直奉战争胜利之后，张作霖打进了北京，担任了北洋政府陆海军大元帅职务，成为国家最高统治者。他在位期间，一直积极抵抗日本，对日本的拉拢毫不犹豫地拒绝，更言辞激烈地拒绝签订任何卖国条约。这一系列举措，无不让日本人心生愤恨。

1928年6月4日，张作霖乘坐火车时被日本人预先埋好的炸药炸成重伤，在回到帅府之后，不治身亡。从此之后，张学良接替张作霖，成为东北保安军总司令。而他父亲对日本的抵抗，以及父亲的身亡，都让张学良对日本人极度痛恨。他立誓，坚决不会向日本人投降，不会与日本人合作。

所以，当他得知蒋介石将目光放到国内战场，放弃与日本人抗争的时候，他才会心中愤懑，接连上书请求抗战。直到明白这样做徒劳无功之后，于1936年12月12日发动“西安事变”。

他又何尝不知，“西安事变”之后，他的处境会变得艰难，但他却不曾后悔自己的选择。半个世纪的软禁生活，张学良辗转于各地，生活万般艰苦时，他也不曾忘记心中的志向。因为他是大帅张作霖的儿子，他是一名爱国将领。

“西安事变”和平解决之后，张学良被蒋介石软禁。被软禁在湘西的那段时间，国内连年战争，百姓生活艰苦，交通不便，每天吃饭都成了问题。为了解决日常饮食，张学良常常亲自到附近的山上打猎，每次回来，都会带一些山珍野味，然后由厨子做成美味的菜品，比如酸辣野鸡片、熘野鸭片等。

湘西气候潮湿，当地人喜欢吃辣，张学良在这里幽禁的日子，让他爱上了“辣”，也就是在这里，他开始用豆豉拌饭来吃。豆豉在湘西、四川、贵州等地，都是非常常见的食物。几乎家家户户都会自制豆豉。

我的大学宿舍长来自湖南娄底，每年寒暑假回学校，都会带很大一罐自家制作的豆豉。就为了这罐豆豉，宿舍姐妹每天中午都把饭打包带回宿舍吃。

原本学校一份米饭很多，初入大学那会儿，我的饭量不大，一份饭根本吃不完。后来，也不知道是从什么时候开始，饭量好像一点点变大了，一份饭一份菜，正好可以全部吃掉。

现在想想，应该就是吃了豆豉之后，辣味下饭，让我的饭量也在不知不觉中变大。而最直接的影响，就是我的体重也在直线上升。

果然，美食惹人犯罪啊！

张学良也同样养成了豆豉下饭的习惯。只是不知道，当时正被囚禁的少帅，是否也曾因美食而多长几斤肉。

后来，张学良又从湘西转移到了贵州。张学良的生活依然很艰苦，他被囚禁在山洞中，但环境的恶劣并没有让他的心境产生什么变化，他依然还是那个他，依然对自己曾经的决定不曾有过半分后悔。

张学良平时喜欢看书，闲暇时便会到附近的河边去钓鱼。而当时陪伴在他身边的赵四小姐擅长烹饪，她用张学良钓回来的鱼做出一道美食——豆腐煮鱼。

在制作豆腐煮鱼时，首先将鱼的鳞和内脏等去掉，切成段，然后将鱼段下锅油炸备用，将鱼头、鱼尾和豆腐一起下锅，加水煨成汤，然后再将油炸好的鱼段加入鱼汤中，再放入一些木耳、笋片以及调味品，煮一会儿就可以出锅了。整道菜品，既有鱼汤的鲜，又有豆腐的嫩，还有笋片和木耳的酥脆与清香，是一道绝佳的下饭美食。

张学良被幽禁湘黔的这段时间里，习惯了这里的口味，而这无疑为他日后爱上川菜打下了基础。1946年，张学良被移送到台湾，继续过着幽禁的生活。也就是在这里，他真正地认识了川菜，并深深爱上了川菜中的麻辣味道。

在台北的那段时间里，张学良和张大千、张群、王新衡等人私交甚好，四个人经常到彼此家中做客，在当时这样的情况还被称为“三张一王转转会”。而张大千和张群两个人都是四川人，偏爱川菜，所以家中的美食也都是川菜风格。在这两位的影响下，张学良也自然而然爱上了川菜。

张学良喜欢张大千亲手烹制的四川狮子头。张大千手艺很好，而且喜欢自创菜品，他烹饪的四川狮子头，将这道菜的精华体现得淋漓尽致，不仅肉质鲜嫩，而且汤汁浓香，咬一口，鲜、香、咸、甜、麻、辣等多种滋味，瞬间充斥口腔，让唇舌都浸润在美味之中，那感觉犹如踩在云端一样，让人的一颗心都荡漾起来。

张群虽然不会做菜，但他的家里却有一位非常会做川菜的厨子，名叫张广武。张学良每次到张群家做客，张群总会让厨师为他做一道水煮鱼。张学良不仅喜欢这道菜的味道，而且还对这道菜的做法大感新奇——油炸辣椒，然后再加汤、加调料，这样的做法，是他从未见过的。

除了水煮鱼外，张广武还会做一道名叫油爆双脆的菜品。这道菜不属于川菜，而是张广武自己在济南菜油爆肚头的基础上，将原本的调味料换成了川菜调味料之后，研发而成的。鲜嫩翠香、色泽洁白的油爆双脆，刚一上桌，就深深吸引了喜欢美食的张学良和赵四小姐两个人的目光，在品尝之后，他们更是对其连连称赞。

人们评价四大菜系的时候说，鲁菜有官气，苏菜有文气，粤菜有商气，而川菜则有民气。有民气的川菜深受大众喜爱，如今在全国各地的餐馆里，都能见到川菜的身影。川菜不仅用其所具有的包容性，容纳了各地美食中的精华，将其融合于自身，而且同时又用自身的特色，影响着各地美食口味的改变。

这样的“气度”和张学良何其的相似？如果不是能够用自己宽大的胸怀容纳这世间之事，张学良又怎么能够走过那漫长的幽禁生活？人，只有放宽心，能够包容世间事，才能做到真正的淡然，才能真正拥有自己的幸福。

会吃！能吃！——袁世凯的花样吃法

【1】

这世上会吃的人有很多，如张爱玲、鲁迅，懂吃的人也有不少，如张大千、钱锺书。但若说既会吃，又懂吃，还能在吃上做出一定贡献的人，那就非民国大总统袁世凯莫属了。在二毛先生所著的《民国吃家》中，他将袁世凯评价为“民国吃家第一人”。

这样评价袁世凯，应该是再正确不过的。首先，袁世凯是清朝时期的高官，经常出入宫廷，参加各种宴会，自然对宫廷菜系十分钟爱与了解；其次，他来自民间，家乡在河南，他对家乡美食一直念念不忘；再者，他发迹于朝鲜，曾在朝鲜生活过很长一段时间，而这也让他对朝鲜菜有着别样的情怀；最后，他有九房姨太太，这些人中会做菜的人有好几个，无论是天津菜、朝鲜菜还是苏菜，都是手到擒来。袁世凯在这样的背景下生活，想要他对美食没有一定的独到见解，恐怕很难。

对大部分普通上班族来说，每天的早餐属于可有可无的一顿，很多人会因为起床晚了，而放弃吃早餐。勤快一些的人，所吃的早餐也不过是油条、豆浆，或是简单的小米粥配咸菜，这样毫无规律、不注重营养的生活和饮食，对于袁世凯来说，是无法想象的。

据说，袁世凯的饮食起居非常规律，他一年四季都严格遵守这个规矩。据袁世凯的女儿回忆，在袁世凯担任总统的那段时间里，他每天早上六点钟准时起床，先喝一碗人参汤，然后在六点半准时吃早饭。

袁世凯的人参汤和一般的做法不同。在制作这道人参汤的时候，需要把人参放在一个带有螺丝盖的沙罐内，然后向其中加入水，之后将盖子盖严，用绳子固定之后，将其放入盛着水的铁壶中一起加热。等到水烧开之后，用纱布把里面的人参汤沥出来，即可饮用。

袁世凯每天早上都会饮用一碗人参汤，风雨无阻。据说，这种习惯是袁世凯当年在朝鲜担任总督的时候养成的习惯。

相对于每天一碗人参汤的大补，袁世凯的早餐，在外人看来并没有什么特别之处，甚至还有些过于简单，不过是一碗鸡丝面。但世人不知道的是，这碗看似普通的河南美食鸡丝面，其实却内藏玄机。

制作鸡丝面的面本身大有来头。这面是专门从河南潢川运过来的“潢川贡面”。潢川贡面最早可以追溯到唐朝，在《光州志》中曾记载这种面在当时“风销华夏，夺魁九州”。而到了宋朝时，这种面被当作贡品进献给宫廷，得到了宋仁宗的赞美。潢川贡面，面细如丝，中空如管，色洁如银，下锅就熟，入口爽滑嫩弹。

虽说袁世凯喜欢鸡丝面，但无论这鸡丝面有多好吃，吃多了总会觉得腻。有时候袁世凯也会让厨房给自己做一些配菜，比如两尾烧鲫鱼，或者配上一碗米糊。不过这两道搭配的美食，在外表上没有什么特别之处，在不懂得其中真谛的人眼中，一定会觉得袁世凯的生活过于节俭。

据说，曾有一位官员到袁世凯家中，偶然间见到袁世凯正在吃米糊，他有些惊讶身为大总统的袁世凯的日常饮食竟然这般节俭。后来他逢人便说，大总统的饮食有多么节俭，恐怕也只有那两条鱼能勉强入得了别人的眼了。

但事实上，他是被表象所欺骗。袁世凯所吃的米糊可不是一般的吃食，那里面是真正的深藏玄机。据说袁世凯在吃米糊的时候，喜欢向其中加入一些鹿茸粉，搅拌之后，再一同吃进去。

鹿茸一直被当作极为珍贵的药材，在《本草纲目》中，曾记载鹿茸具有“补肾壮阳，生精益血，补髓健骨”的功效。袁世凯在米糊中所加入的，是上好的“花鹿茸”经过晾晒后研磨出来的粉末。而“花鹿茸”乃是众多鹿茸中药效最佳的一种，其珍贵程度可想而知。

袁世凯除了会在米糊中加入鹿茸粉末同吃之外，在闲来无事的时候，还会抓一大把人参、鹿茸扔到嘴里，咔吧咔吧直接嚼着吃。说起来，真有点牛嚼牡丹、猪八戒吃人参果的感觉。

至于袁世凯喜欢的烧鲫鱼，也同样非比寻常。这种鲫鱼并不是随便在市面上买的，而是不远千里、特意从外地送到北京袁府的。那时候，袁世凯经常让淇县县令给他送来淇水鲫鱼。但当时交通并不发达，想要保证鱼的新鲜就是一个大难题。

好在当地人想到了一个特别的方法来运送鲫鱼。他们在装鱼的箱子里加入带着热度的猪油，让鱼与氧气隔绝，使其直接窒息而亡，而随着猪油的冷却，猪油凝固，会让里面的鲫鱼彻底与外界的空气隔绝，呈现出真空状态，这样不仅便于储存与运送，还能够保鲜，防止因为天气炎热而腐烂变质。

会吃、懂吃的袁世凯，一顿早餐，就能吃出百般花样，吃得如此讲究，不得不说，他确实是一位在美食之路上有着执着追求的人。他是一位真正的吃家。

【2】

袁世凯在历史上的风评一向不好，作为一位痴心妄想恢复帝制、成为皇帝的人，袁世凯始终是作为负面人物存在于世的。但无论他在政治上做了多少错误的决定，都不能否认，他在美食的融合与发展上所做出的历史贡献。

对于将“能吃才能干”作为人生座右铭，将“要干大事，没有饭量可不行”作为口头禅的袁世凯来说，他绝对是在吃的路上走在前端的人物。

随着清政府的灭亡，曾经在清宫御膳房当差的清宫御厨纷纷流落民间，他们或继续在某些大人物后宅做着主厨，或是走上了自己当家作主的光辉之路。而袁世凯又怎么会轻易错过可以继续品尝宫廷美食的机会？

或许是出于对老佛爷慈禧的敬仰，或许是出于对高位掌权者的权利追求，袁世凯在面对宫廷菜的时候，有着他自己的执念。无论菜品好吃还是不好吃，只要是慈禧喜欢的，他都喜欢。就如那道清蒸鸭子，曾经是慈禧最喜欢的一道菜，同时也是袁世凯的心头爱。

在慈禧时期，这道清蒸鸭子是一道比较简单的美食，无论是在烹饪手法上，还是在鸭子的处理上，都比较简单。只需将鸭子的内脏、足和翅等物去掉、洗净之后，放入水中焯几分钟，然后捞出，和盐、料酒、葱、姜等调味品一起，放进瓷坛中封严，之后蒸上两到三个小时即可食用。

但到了袁世凯这里，却更要讲究一些。据清人徐珂的《清稗类钞》中记载："袁慰亭喜食填鸭，而饲之法，以鹿茸捣碎拌以高粱喂食。"这里所说的袁慰亭，就是指袁世凯。袁世凯所选用的鸭子，要比慈禧的更加讲究，竟然以鹿茸来喂养。

如果说袁世凯每天早上吃鹿茸米糊是注意养生，每天一把一把地干嚼鹿茸是牛嚼牡丹，那他以鹿茸喂食鸭子，就真的是暴殄天物了。要知道，那可是鹿茸啊，在普通人家里，一辈子都见不到的上好补品，在袁世凯这里，竟然是给家禽吃的饭食。

想想就觉得心疼。

果然，袁世凯在吃上更加讲究，也更知道，好食材的重要性。这样经过药膳喂养出来的鸭子，自然是比普通鸭子味道更鲜美，营养也更加丰富。

袁世凯还和慈禧一样，喜欢吃清蒸鸭子的鸭皮。在鸭子上桌之后，袁世凯会用象牙筷子先把鸭皮弄开一条小口，然后再左右摆弄几下，最后把鸭皮整个揭下来，放进口中大快朵颐。

袁世凯对这道清蒸鸭子真的是喜爱至极。在袁家吃饭的时候，都是有着绝对的等级要求的。不只是人需要按照顺序坐在桌边，就连桌上所摆放的菜品，也是始终有着固定的位置。而每次摆在最中间的绝对是这道清蒸鸭子。

除了清蒸鸭子之外，袁世凯还喜欢另一道由宫廷菜“糯米八宝鸭子”改良出来的“清蒸肥鸭”。这道鸭子在做法上和清蒸鸭子有些相似，只不过在上蒸笼蒸的时候，不是两到三个小时，而是整整三天时间。而且在鸭子中所加入的水，也不是一般的清水，而是香浓的鸡汤。

经过三天的清蒸之后，鸡汤早已熬干，而其中的精华也全部渗入鸭肉之中。至于鸭子，虽然外表看起来还是一整只，但其实只要轻轻一碰，就能全部碎开。即使是里面的骨头，也能碎成粉末。

袁世凯的这道清蒸肥鸭，所采用的制作方法是“填鸭法”，就是将糯米、香菇等食材，全部塞在了鸭腹之中。不知道后来的美食界是否受到了袁世凯的影响，反正在寻常百姓的餐桌上，这样的“填鸭法”倒是也很常见了。

除了这些宫廷菜是袁世凯所喜欢的之外，他一直对家乡的河南菜有着深深的情谊。在北京城有一家名为“厚德福”的饭庄，这家饭庄的老板是一名河南人，而饭庄中所做的菜品也都是正宗河南菜。袁世凯经常光顾这里，通过品尝美味的家乡菜来思念故乡。

本来这家饭庄也并没有什么特别之处，但后来在袁世凯担任民国大总统之后，这家饭庄的老板陈莲堂便趁机借袁世凯炒作，从而将他的小饭庄变成了人尽皆知的名牌店。

这世上从来不缺乏追星一族，很多人为了能够拉近和袁世凯，或者说和上流社会之间的距离，也纷纷到这家小饭庄来吃饭。为的就是赶一回潮流，贴近上流。就这样，原本的小饭庄瞬间声名鹊起，不仅北京的店铺越开越大，就连沈阳、上海、天津等地方，也纷纷开起了分店。

而在众多河南菜中，袁世凯最喜欢的是软熘鲤鱼焙面，也叫熘鱼焙面、糖醋熘鱼。这道菜是河南开封的传统名菜，有着悠久的历史。据《东京梦华录》中记载，早在北宋时期，东京（今河南开封）市场上就已经流行，当时被称为醋鱼。整道菜品色泽明亮、软嫩甜香，在甜甜的口味中，又透着一丝微酸，鱼肉鲜嫩如豆腐，鱼身呈现枣红色，鱼体完整无损，是一道真正的色、香、味、形俱佳的名菜。

由于袁世凯喜欢河南菜，河南菜也迎来了辉煌年代，而众多擅长制作河南菜的大厨，为了讨大总统的欢心，自然使出了浑身解数。知道袁世凯喜欢零食，便有人给袁世凯做了一种名为糊皮正香崩豆的零食，如今这道零食也成了河南的名小吃。

而在袁世凯以前，据说这种豆是给皇亲国戚磨牙用的。别看这种崩豆被当作小吃，但它的制作方法却一点都不亚于一道大菜，光是所需要的作料就有十几种，除了外五料的大料、桂皮、茴香、葱和盐外，还需要内五料，如甘草、贝母、白芷、当归和五味子。另外还要用到鸡、鸭、羊肉等，这么多的作料，只要缺少一种，所做出来的糊皮正香崩豆就不是原来的味道。所以虽然是小吃，但在制作方法上，一点都马虎不得。

因为袁世凯，有很多美食方面的事情，都得到了发展与改变。除了上面提到的厚德居饭庄和糊皮正香崩豆之外，还有南煎丸子、直隶海参等。

关于这几样吃食，里面还有些故事。

在当时，全国各地的丸子都是圆形的，在一次宴席上，本来是有丸子的，但当时袁世凯是大总统，他的势力如日中天，没有人敢得罪他，更何况主人家既然宴请了袁世凯，自然是不想得罪他的。可这宴席中的丸子偏偏是圆形的，和袁世凯的“袁”姓同音，这正好犯了他的忌讳。

主人家正为难时，聪明的厨师想到了一个办法，他将丸子全部做成了棋子的形状，而在成盘时，也特意摆放成棋盘的形状，这不仅是巧妙地避开了“袁”字，还使得一盘丸子变得更加风雅，深得赴宴宾客的喜欢，更是让袁世凯对其赞不绝口。后来这丸子便流传了下来，成了如今外形奇特的南煎丸子。

而直隶海参，是袁世凯前往河北担任直隶总督兼北洋大臣的时候，当地的官员听说袁世凯喜欢吃海参，便在接风宴席上投其所好，命会馆厨师根据袁世凯的口味烹饪了一道海参菜品。在烹制的过程中，加入了各种调味料和涿州贡米、蛋皮等，精心煨制而成。

这种做法制作出来的海参不仅软糯可口，而且酸辣开胃，深得袁世凯的喜欢。于是当场便将此菜命名为“直隶海参”，这道菜也从此成为河北名菜。

同样是吃，有的人吃的是味道，有的人吃的是情怀，而袁世凯吃的则是美食的发展，他的很多做法，都直接或间接地推动了民国美食的大融合与大发展。

五味！记忆！——汪曾祺的字里行间

【1】

在张爱玲的《谈吃与画饼充饥》中，美食是精致而艺术的，犹如张大千笔下最精美的画作，或是艺术家手中精雕细刻的一件艺术品。

在苏青的《谈宁波人的吃》中，美食是考究而文艺的，每样菜品的背后都有着深深的含义，让吃到的家乡人，都带着浓浓的自豪感。

在郁达夫的《饮食男女在福州》中，美食是带着浓浓海蛎子味道的鲜味，只一口，便沉沦其中，让人欲罢不能。

虽然美食文章有很多，却从没有谁的文章能如汪曾祺的这般，用真实细腻的语言，将他对生活的热情和雅致韵味的追求表现得淋漓尽致，把口腹之欲和高雅文学拉得如此之近。

汪曾祺是著名的小说家、戏剧家和散文家。在京派文学的影响下成长起来的汪曾祺，既不是以散文起家的职业散文家，也不是久负盛名的散文大师。在他眼中，散文不过是“搂草打兔子，捎带脚”罢了。

可就是这样不经意间的“捎带脚”，却让他成了一代著名散文大家。

他文章的字里行间，都透着他对生活的热爱，他曾说：“我把自己所有的爱的情怀灌注在喜好美食的文章中”“用自己艺术的心灵体味更其真淳的生活，并用美化了的生命热情再现”。

汪曾祺擅长品美食，也擅长写美食。对于一个作家来说，表达自己对故乡思念的最好方法，便是将记忆中的那些熟悉的、经过情感沉淀的记忆落于笔端，而在某种程度上，“故乡的美食=故乡的味道”，所以很多文人在表达乡愁的时候，总会将思念化作味觉上的一种刺激，最后美食变成了乡愁的一种寄托。

汪曾祺是高邮人，在他的笔下，有很多写故乡美食的文章，他写故乡的咸鸭蛋，写故乡的野菜。他笔下的高邮总是有着“鱼米之乡”的美称。

高邮位于江苏省，属于江南水乡。水多的地方，鸭子就多，鸭子多了，鸭蛋自然也就多了。所以在汪曾祺的童年记忆里，家乡的鸭子和鸭蛋几乎就是家乡的代表。而高邮咸鸭蛋，更成了高邮地区的名产。

在汪曾祺的记忆里，高邮咸鸭蛋个头大、味道鲜美。腌好的咸鸭蛋，蛋黄呈现红色，戳一下便会流出鲜香的鸭蛋油，味道十分鲜美。在他的作品《故乡的食物·端午的鸭蛋》中，曾写道：

高邮咸鸭蛋的特点是质细而油多。蛋白柔嫩，不似别处的发干、发粉，入口如嚼石灰。油多尤为别处所不及。

高邮蛋之所以个头大，和这里的高邮鸭有很大关系。高邮鸭又叫高邮麻鸭，属于国内三大名鸭之一。高邮鸭水性好，而高邮水多，在河水中生存着的鱼虾、螺蛳等水中生物和一些水中植物，就都成了高邮鸭的“盘中餐”。

散养的高邮鸭，整日吃着营养丰富的纯天然食物，自然比用一般饲料所喂养的好上数倍。所以其产下的蛋，个头也比其他地方鸭子所产下的蛋大很多，而且，高邮麻鸭还擅长产双黄蛋。能够产双黄蛋的鸭子有很多，但都没有高邮麻鸭的产量高、个头大。

在汪曾祺的心中，“高邮的咸鸭蛋，确实是好”。他说：“我走的地方不少，所食鸭蛋多矣，但和我家乡的完全不能相比！曾经沧海难为水，他乡咸鸭蛋，我实在瞧不上！”

我虽没有吃过高邮咸鸭蛋，但我身边的朋友有人曾吃过，据他所说，高邮的咸鸭蛋味道极佳，而且油特别多，颜色也和我们平时吃的黄色的不同，呈现出深橙色，或者说是红色。

关于蛋黄究竟呈现出什么颜色的问题，我想和用盐水腌的时间长短也有一定的关系。高邮的咸鸭蛋在腌制时，方法尤其特别。在腌咸鸭蛋之前，首先要挑选一些形状好看、个头较大，且外皮呈现出白色或者淡绿色的鸭蛋。然后将鸭蛋用清水洗净，等到水分自然风干之后，再用开水将食盐稀释，冷却后，放入少量白酒加黄酒泥和成糊状，然后将已经晾干的鸭蛋放入泥浆之中，在外皮上滚上一层泥浆，逐一摆放好放入坛子中，然后密封，四十天之后，就可以取出，去掉外面封着的泥，水煮之后即可食用。

在我的印象中，以前妈妈在制作咸鸭蛋的时候，和这种方法是有些不同的。

距离上一次妈妈亲自腌制咸鸭蛋，大概有十几年的时间了。虽然很久，但我印象还是蛮深刻的，所以记得很清楚。

那时候，我在读初中，还住在农村。而老家那边有一个很大的院子，妈妈在家里养了一些鸡鸭，虽然数量少，但因为是散养，所以鸡鸭产蛋的数量不少，而且个头很大。

因为家里人都很喜欢吃咸鸡蛋和咸鸭蛋，所以妈妈会挑选一些个头大的鸡蛋和鸭蛋，洗干净之后，在鸡蛋外皮上用铅笔标记上日期，然后放入装有咸盐水的瓦罐中，盖上盖子腌一段时间。大概一个月到四十天，就可以取出水煮食用了。鸭蛋也能流出黄色的油，而且蛋黄呈现深色，味道非常鲜美。

现在家里已经不再自制咸鸭蛋了，每次想吃的时候，都是直接到菜市场买上十块钱的，鸭蛋相对比较便宜，十块钱可以买到好几个鸭蛋，够一家人吃几天时间。

而关于咸鸭蛋的吃法，在汪曾祺的文章中也有介绍：

鸭蛋的吃法，如袁才子所说，带壳切开，是一种，那是席间待客的办法。平常食用，一般都是敲破“空头”用筷子挖着吃。筷子头一扎下去，吱——红油就冒出来了。

我在吃咸鸭蛋的时候，用的就是第二种方法，不过，我还会比汪曾祺所说的这种吃法多上一个步骤。在用筷子扎下去之后，油冒出来的时候，我会直接用嘴将油吸出来，直接用“喝”的方式，将油全部迅速吞到肚子里，这样鸭蛋油的精华，就一点也不会流失了。不然，我总是会担心，它会不会滴落到桌子上，太浪费了。

关于咸鸭蛋的吃法，还有很多种，除了最简单的煮食之后直接食用外，还可以用咸鸭蛋制作精美的菜品。比较常见的是用咸鸭蛋炒南瓜，制作方法非常简单。将南瓜去皮，咸鸭蛋只用蛋黄，捣碎之后留着备用；然后热油加入葱、姜炝锅，将鸭蛋黄和料酒等加入锅中翻炒，之后再将南瓜下锅，一起翻炒，再加入少许白糖，炒至南瓜变软时放少许盐，如果喜欢口味清淡的，不放盐也可以，此时便可以装盘出锅了。

一个简单的咸鸭蛋，也可以搭配其他食材，制作出精美的菜品。所以，绝对不要小瞧任何一种食材，也许明天，它就成为某道菜品的点睛之笔了。就如人生一样，不要小瞧任何一个人，也许明天，他就能出人头地。“莫欺少年穷”，没有人能料到明天会发生什么事情，给他人留一片余地，也是给自己留一个未来。

【2】

汪曾祺笔下的美食，以其独特的魅力，吸引了万千读者的目光。他的文字，温馨淡雅、清新隽永，带着对美好的渴望，对自然的崇尚与尊敬。

很多人都好奇，能够写下这样优美文字的汪曾祺，究竟是什么样子的呢？

应该是温暖而高大的吧，至少也应该是暖男的形象。

没错，汪曾祺在一定程度上来看，应该属于暖男类型。因为他不仅文笔出众，而且还能下得厨房，做得一手好菜。他说："到了一个新地方，有人爱逛百货公司，有人爱逛书店，我宁可去逛逛菜市。看看生鸡活鸭、新鲜水灵的瓜菜、彤红的辣椒，热热闹闹，挨挨挤挤，让人感到一种生之乐趣。"他的言语间，无不透露出他对生活和对美食的热爱。

汪曾祺对美食的热爱，全部体现在他的散文作品中。他除了喜欢描写故乡的美食之外，还曾描写过昆明，虽然这里不是他的故乡，也不是他定居的地方，但这里却是汪曾祺的人生转折地。

对汪曾祺来说，云南昆明是他一生中最重要的一个地方。因为这里，有他年少时追逐梦想的身影，有他大学时的美好时光，有他许许多多的幸福回忆。

汪曾祺曾在《昆明菜》中说："我离开昆明整四十年了，对昆明菜一直不能忘。"虽然是在谈吃，但我们不难从中读出另一种情感，一种对昆明的怀念之情，溢于言表。

在《昆明菜》开篇介绍的美食是"汽锅鸡"。中国人很会吃鸡，在不同地区，有不同做法，不同名字。如广东的盐鸡、德州的扒鸡、常熟的叫花鸡，而我们辽宁比较著名的则是沟帮子的熏鸡，总之关于鸡有太多种吃法与叫法。但在汪老先生的眼中，"如果全国各种做法的鸡来一次大奖赛，哪一种鸡该拿金牌？我以为应该是昆明的汽锅鸡。”

汽锅鸡，首先得有汽锅，才能称为汽锅鸡。汽锅的历史非常悠久，早在两千多年以前，滇南建水就出产了一种别致的土陶蒸锅，而这种锅就叫“汽锅”，这种汽锅被用来蒸食物。

汽锅下面放着装有水的炊具，而食材则放入汽锅内，用大火进行慢蒸，锅内不放水，锅中的食材则完全依靠汽锅中间的孔，将下面的蒸汽导入汽锅之后，以蒸汽的热度将锅中食材蒸熟。这样制作出来的美食，最大程度上保证了食材的原汁原味。

汽锅中的汤汁，是依靠蒸汽遇冷凝结成水珠之后，滴落在锅中的，由于汽锅在制作过程中，不曾掀开锅盖，而且也不加入任何汤水，所以鸡肉的鲜味仍最大程度地保留在汽锅之中。这样当菜品熟透之后，掀开锅盖时，所闻到的香味，绝对比平日吃到的那些更加香浓诱人。

据汪老先生在《昆明菜》中所说，汽锅鸡所选用的鸡是武定肥鸡，这种鸡不大不小、不肥不腻，用刚要下蛋的嫩母鸡或者是刚开叫的小公鸡最好。鸡的选择很重要，否则无法达到汽锅鸡的最佳味道。

汪曾祺很喜欢这道汽锅鸡，在昆明生活的那段时间，他经常会和朋友们到正义路近金碧路的路西的一家专卖汽锅鸡的饭馆去吃饭。虽然不知道这家店究竟叫什么，但由于这家店的进门处挂着一幅牌匾，写着“培养正气”，所以大家就把这家饭馆称为“培养正气”。那时候的昆明人一说要去吃汽锅鸡，就会说“今天我们培养一下正气”。

这样的说法，想想也是蛮有趣的。

汪曾祺除了喜欢汽锅鸡之外，还对云南的米线记忆尤深。

也对，但凡去过云南的人，又有谁能够忘记过桥米线呢？

我大学舍友里有一位是云南玉溪的。据她所说，在云南，每天的早餐都是从一碗米线开始的。他们云南人可以不吃米饭，不吃菜，但不能不吃米线。关于这点，那里的民谣正好证明了云南人对米线的偏爱。

“看不见的战线，打不尽的毛线，吃不完的米线。”

云南的米线颜色洁白，形状圆圆的，有很强的韧性，煮熟之后的米线在吃的时候，想要咬断也不是那么简单的事情，你会发现，它在柔软中，又带着弹性与韧劲。

汪曾祺比较喜欢的是云南的过桥米线。一碗米线，浓香的汤品，搭配上各种鲜嫩的蔬菜，趁着热吃得满头大汗，吃得身心舒畅，绝对是一种不错的体验。

湘菜！情怀！——谭延闿的独门秘籍

【1】

爱江山，爱美人，自古有之，但对“政坛不倒翁”谭延闿来说，这两者皆不是他所爱。他在政坛上一直保持着比较随和的态度，从不贪功冒进，也不刻意追求名利，他将“三不主义”作为自己的人生座右铭，他不负责，不谏言，亦不得罪人；在婚姻与爱情里，他曾在发妻去世之前，许下今生“永不续娶”的誓言，所以当孙中山有意为他与宋美龄做媒时，他婉言拒绝，最后甚至成了蒋介石和宋美龄的大媒人。

但人总有爱好，谭延闿自然也有属于自己的追求，或者说，是他一生倾尽全力在追求的东西，甚至还为此付出了健康与生命的代价——那就是他最钟爱的书法、马匹和美食。

谭延凯的书法十分了得，他的一生都致力于临摹颜真卿的字帖，而且每个字都写得十分传神。他与同时期的于右任、胡汉民和吴稚晖是学界公认的民国四大书法家。这四个人的书法作品，在民国时期是人们争相求购之物。

于右任擅长草书，谭延闿擅长行楷，胡汉民擅长汉隶，而吴稚晖则擅长篆字。后来谭延闿与同乡合开的湘菜馆“曲园”开业时，菜馆上的牌子就是他亲手所写。

谭延闿喜欢骑马，但不幸的是，他最后却因坠马引发脑溢血而死。之所以会患上脑溢血，则和他的第三个人生追求——美食，有着密不可分的关联。

谭延闿自号组庵，被称作“民国第一吃家”。他的饮食总是偏油腻、滋补一类，荤食较多，素菜较少。不仅如此，他还缺乏运动，最后造成身材肥胖。而这样的饮食生活习惯，想不得上富贵病，几乎是不可能的。所以谭延闿患上了高血压，他的右手经常麻痹。在去世之前的很长一段时间里，他每天都需要用温水浴和电疗来医治。因为这件事情，他还曾风趣地对身边的朋友说：“我一生好吃，现在自身每天被清蒸一次，烧烤一次，大概是贪嘴的报应。”

喜爱美人之人会说“牡丹花下死，做鬼也风流”，爱江山的人会说“成者为王，败者为寇，要杀要剐悉听尊便”，而谭延闿，他因喜爱美食，身患高血压、脑溢血，他因喜爱骑马，却不慎坠马，致身体重伤，最后双病齐发，不治身亡。这么看来，他也是死在自己所追求的事情上。

想来，在临死之前，谭延闿回顾自己一生的时候，他应该是没有什么遗憾的。

他身出名门，从小就生活在万千瞩目之下，从没有过过一天苦日子，他想吃什么，家中的厨师就能为他做出什么。即使有什么是让他不满意的，他也可以随意在厨房中“指点江山”，让厨师按照他的想法进行烹调。

他甚至不用担心厨师不能理解他的想法，做出他所不喜的菜品，因为他有两位优秀的大厨，而他的祖庵系列菜品，也正是得益于这二人。

这两位厨师一个是擅长做淮扬菜的谭奚庭，一个是擅长做湖南菜的曹敬臣。因为谭延闿非常喜欢淮扬菜的清淡和湖南菜的味重，而这也为后来这两种菜系的发展和融合起到了促进作用。

谭奚庭本是扬州一位富商的家厨，他的淮扬菜做得很好，而且他自身对美食有很高的造诣，又能够虚心学习，这些条件都注定他的才华将不会被埋没。所以富商过世之后，谭延闿便花重金将其请到自家后宅担任主厨。

1920年，谭奚庭离开了谭延闿家，到了长沙玉楼东酒家，成了这里的经营管理者兼主厨，从此玉楼东真正名声鹊起。玉楼东始建于清光绪三十年，原名为玉楼春，取自白居易的《长恨歌》，“金屋妆成娇侍夜，玉楼宴罢醉如春”。虽是一家老字号的酒楼，但真正为众人所知，还是因为谭奚庭的到来。

民国时期，但凡曾经在大户人家做过家厨的人，厨艺都是一顶一的好，尤其谭奚庭的厨艺，还曾得到大美食家谭延闿的指点，更让他得到顾客们的认可。因此他才刚到玉楼东，就有很多食客慕名前来。

谭奚庭曾经是谭延闿的家厨，谭延闿自然对谭奚庭所做的菜品青睐有加，尤其是一道名为鸭掌汤泡肚，更是谭延闿的心头爱。这道菜后来成为玉楼东的招牌菜。

这道菜口味偏清淡，咸香适中。以猪肚尖和鸭掌为主料，配有口蘑、豆苗和清鸡汤、调味料等一起。猪肚尖是否能够保证脆嫩将直接影响这道菜的口感，所以首先应该用刀将肚尖切成鱼鳃形，然后用碱腌半个小时左右，之后洗净、下锅，用鸡汤炖一会儿，捞出，等到之后上桌的时候，再将其倒入鸭掌鸡汤里，此时的肚尖嚼起来脆嫩爽滑，口感极佳。

相传在行军打仗的时候，谭延闿也会命人带上制作这道菜的食材，以便在休息时，可以随时随地吃到这道美味。

【2】

谭奚庭离开谭延闿家之后，谭延闿又请来了另一位厨子，他就是曹敬臣。曹敬臣对“祖庵系列菜品”做出了很大的贡献，可以说，如果没有他，祖庵系列菜品也许就不是后来人们吃到的那个味道了。

谭延闿对美食有很高的要求，他自己是一个美食家，他不仅会吃，而且还能对吃提出自己独到的见解，所以他经常将自己在品尝美食之后的感受和一些意见说给厨师听，以提高厨师的厨艺。

曹敬臣来到谭延闿家之后，因为他们都是喜爱美食的人，也都享受做出更加精美的食物之后的快感，所以两个人之间有很多共同语言。谭延闿会将自己的新奇想法说给曹敬臣听，而曹敬臣则根据谭延闿的想法，凭借自己精湛的厨艺进行改良与制作。就这样，他们二人成就了祖庵菜系。

有一位美食家言传身教，这对一位厨师来说，实在太重要了。所以曹敬臣对谭延闿的指导、点评非常重视，回去之后便悉心钻研。日积月累，他的厨艺也终于有了突飞猛进的变化。

在祖庵系列菜品中，有一道祖庵豆腐很值得一提。

祖庵豆腐在选材上极为讲究，谭延闿在长沙做督军的时候，要求厨房只能到一户姓刘的夫妻开的豆腐店里购买豆腐，其他地方的都不可以。这是因为这家店铺所做出来的豆腐细腻柔软，美味无比，是别处无法相比的。

刘姓夫妻的豆腐并不外卖，只供应给各大公馆。之所以能被上流社会的人看中，是因为他们家的豆腐确实独特，这和他们在制作豆腐时的诸多讲究有很大关系。比如他们所选用的水为长沙井水，而做豆腐时所用的黄豆也只有湖南攸县所产的“六月爆”和“十粒五双”这两种。总之，那些步骤有一处不对，所做出来的豆腐就不是原来的味道。

祖庵豆腐在制作的时候，需要把豆腐全部捣碎成浆，然后再用纱布过滤，将肥鸡胸脯肉也捣碎，加入到豆腐浆里后，搅拌均匀；然后放入锅中蒸，直到豆腐中起了蜂窝眼后熄火。等到豆腐冷却，用刀将其切成一片一片的骨牌状；然后将豆腐块放入油锅中炸一会儿，取出之后放入瓦钵中，加入鸡汤一起下锅蒸熟。在上桌之前，先要将钵内蒸出的汤水挤出去，再用鸡汤收汁，淋上鸡油。

祖庵豆腐是谭延闿非常喜爱的一道菜品。家中有客人来时，他总是会将祖庵豆腐等菜品端上桌，让大家一起品尝。

谭延闿喜欢美食，同时也喜欢和人一起分享美食，所以当有人提出他可以自己开家餐馆，让更多的人吃到祖庵系列菜品的时候，他便瞬间行动起来，和湖南同乡何健一起，开了“曲园”。一时间，风光无限。

只是可惜，在谭延闿死后，曹敬臣等大厨都离开了曲园，曲园的生意也瞬间一落千丈，差点就要倒闭。如果谭延闿还在世，看到自己辛苦建立起的酒楼就这样衰败，该是如何的伤心？好在后来贵人的到来，改变了曲园的命运。

这位贵人就是来自湖南东安的唐生智，他毕业于保定陆军军官学校，曾参加过北伐战争，是一位名将。他本人喜欢美食，且对美食有一定研究。就是他指导曲园厨师做的“东安子鸡”，使得原本已经濒临倒闭的曲园，瞬间起死回生。食客们络绎不绝，曲园再一次兴隆起来。

谭延闿终于可以欣慰了，虽然他离去了，但是他的曲园还在，人们对美食的执着与热爱也得到了一代又一代的延续，不曾消失。

薄饼！酱菜！——梁实秋的北京映像

【1】

梁实秋是著名的学者、翻译家、散文家，他是公认的华语世界的一代文化宗师。他的一生给中国文坛留下了两千多万字的著作，他的许多文学作品被海内外读者熟知，他的代表作《雅舍小品》更是先后印刷发行了三百多版。

提起他时，更多的人把目光放在了他对文学界的贡献上，往往忽略了他在美食方面其实也有着独属于自己的奉献。

诚如张爱玲所说，“报刊上谈吃的文字很多，也从来不嫌多”，许多大文豪、大作家都曾在报刊上发表过有关美食的随笔，但能够像梁实秋先生这样，将美食写成一部《雅舍谈吃》的经典作品的人却很少。

梁实秋喜欢美食，喜欢写美食，这部《雅舍谈吃》是梁实秋一生在饮食文化方面才华的集中展示。文中所列美食，或洋洋洒洒记录千余字，或短小精炼只有百十文，但每种美食的背后，却都有一些有趣、感人的小故事。梁实秋由文忆人、忆事、忆往昔文化，这里有他的故事，也有他寄托于美食的情感，读来饶有趣味。

说起梁实秋喜欢的美食，火腿是绝对不能落下的。在《雅舍谈吃》中，曾写道：

我在上海时，每经大马路，辄至天福市得熟火腿四角钱，店员以利刃切成薄片，瘦肉鲜明似火，肥肉依稀透明，佐酒下饭为无上妙品。至今思之犹有余香。

许多年后，梁实秋回想起曾经看到火腿时的情景，仿佛仍能嗅到火腿的香气，这要有多喜爱，才能有这样的感觉？

火腿，一般以金华火腿和宣威火腿最为人们所知晓。火腿一般选用猪后腿，经过盐渍、烟熏、发酵和干燥处理等几道工序之后制作而成。

小时候不知道什么是火腿，最初听到“火腿”这两个字，还以为就是我们常说的火腿肠，后来才知道，此火腿非彼火腿，而是真正的“腿”。

“火腿”二字最早出现于北宋，在苏东坡的《格物粗谈·饮食》中，明确记载了有关火腿的做法，“火腿用猪胰二个同煮，油尽去。藏火腿于谷内，数十年不油，一云谷糠。”

火腿在制作的时候，需要向其表面涂抹大量的盐，并用手来回搓动，使盐分充分渗入腿肉中。以极高的含盐量来保证火腿的不腐。但并不是经过腌制之后，就一定不会腐败，还需要有妥善的储藏方法，来做后续的保障。

火腿中含有大量的脂肪，虽然已经腌制，但还是难免会招引虫蚁或是发霉，因此需要将火腿悬挂在阴凉避光、干爽通风的地方。火腿在存放的时候，最好在封口上涂抹一层植物油，以隔绝空气，防止脂肪氧化变质。

1926年冬天，梁实秋参加吴梅先生在南京组织的同学聚会，“席间上清蒸火腿一色，盛以高边大瓷盘，取火腿最精部分，切成半寸见方高寸许之小块，二三十块矗立于盘中，纯由醇酿花雕蒸制熟透，味之鲜美无与伦比。”

这无与伦比的美味，自然让梁实秋无法忘怀。回到北京之后，他还曾特意托南方的朋友给他邮寄一只火腿，只不过当他收到火腿之后，看到那硬邦邦，闻起来还有些怪味的东西时却愣住了。怎么也没有想到那“利刃切成薄片，瘦肉鲜明似火，肥肉依稀透明”的火腿，竟然会长得这么硬邦邦的样子，一时间竟不知如何是好。

他甚至还曾郁闷地和朋友抱怨，由于运输时间长，火腿在路上坏掉了。直到人家告诉他如何处理火腿，他才恍然大悟，原来竟是自己弄错了。不过，在他看来，处理火腿的过程实在太过复杂，有那时间，他还不如直接买现成的来吃。

除了火腿，梁实秋还喜欢吃烤羊肉。

梁实秋出生于北京，长于北京，所以他对北京有着很深的感情。即使离开北京，生活在外地时，他也时常会想起北京的各种小吃与美食。

在他居住于青岛的那四年时间里，每每想起以前在北京吃烤羊肉时的情景，都会垂涎欲滴。但因为身在异地，想要吃到家乡的烤羊肉并不简单。恰好看到厚德福饭庄有一大批冷冻羊肉片从北京运到青岛，于是他托人从北京特意订制了一具烤肉支子，自己亲手制作烤肉。

在炭火上，放上一层松塔，烟火中带着松香的味道，烤出来的肉味也更加鲜美。在吃烤肉的时候，将葱白如甘蔗的大葱切成片，葱白并不辣，反而带着一丝丝甜味，搭配着烤肉一起食用，味道更佳。

梁实秋和老舍先生一样，也很喜欢豆汁儿，他说，在说豆汁的时候，后面一定要加一个“儿”字，“若没有这个轻读的语尾，听者就会不明白你的语意而生误解。”看到这里时，我的脑海中不由浮现出这样的画面：容貌秀气，戴着一副眼镜，一身书生打扮的梁实秋，将头上的沿帽轻轻摘下，放在身旁的桌边，然后坐在长长的板凳上，对着小摊贩老板说：“来一碗豆汁儿。”

离开北京之后，有一年梁实秋路过济南，在车站附近一个小饭铺的墙上看到了有“豆汁”卖，便要了一碗，但端上来的却是豆浆，这让他十分郁闷，这才发现是自己疏忽了，因为那上面写的是“豆汁”，而不是“豆汁儿”。济南人将豆浆也叫作豆汁，因此并不是北京的豆汁儿。

后来，梁实秋到了台湾，有位朋友和他说，有一家饭馆卖豆汁儿，于是他抱着期待的心情去了。可看到碗中那乌糟糟的东西，他就知道自己的期望又一次落空了。面前的东西虽闻起来和豆汁儿的酸味很像，却黏稠得像麦片粥，吃到嘴里也让他感觉难以下咽。

这两次经历，让他很是失望。他也终于明白“什么地方吃什么东西，勉强不得”。

【2】

梁实秋十分喜欢面食，据说他在二十几岁留学归来之后，心中最想念的美食，不是北京的全聚德烤鸭，也不是烤肉宛的烤肉和八大居、八大楼的特色美食。从火车上下来之后，他便拖着行李，在大街上寻找那最熟悉的油条和烧饼。

关于梁实秋对面食的喜爱，还有一件让人咋舌的趣事，据说他在清华大学读书的时候，曾一顿饭吃了12个馒头和3大碗炸酱面。不敢想象，那样一个身材单薄的书生，竟然有这样惊人的饭量。其实说到底，并不是他真的有多么能吃，而是他对于那种大快朵颐的感觉非常喜欢——他喜欢食物顺着食道慢慢往下滑动的感觉。他曾表示，自己羡慕长颈鹿有那样长的脖子，想象着长颈鹿将食物咽下去的感觉，“一定很舒服”。

在众多面食中，梁实秋最喜欢的是带有老北京风味的薄饼。

在制作薄饼的时候，首先需要用热水和面，或者是直接用开水烫面，然后再和，效果会更好，制作出来的薄饼会更加柔软有弹性。

关于用开水烫面这点，我曾有过亲身体验。几年前第一次自己和面做饼，不知道是用凉水、温水还是开水，妈妈也没有和我说过，我就直接用开水烫面，当时盆中的面粉基本都被烫熟了。后来妈妈知道之后，把我数落了一顿，说我平时十指不沾阳春水，到自己做的时候，就什么都不懂。

但没想到，结果很让我们意外，因为开水烫出来的面，特别柔软，做出的饼也很柔软，特别好吃。最后反倒得到了妈妈的夸奖。再之后，家里烙饼，都会选用开水烫面。

在制作薄饼的时候，将两个小面团中间抹上一些麻油，然后合在一起，用擀面杖擀成薄饼。在烙饼的时候，要采用小火，将饼的两面烙至金黄色，即可出锅。

在吃薄饼的时候，要卷着菜一起。而菜又分为两种，一种是炒菜，一种是熟菜。

在梁实秋的《雅舍谈吃》中，对此有明确的说明：

> 所谓熟菜就是从便宜坊叫来的苏盘，有大小两种，六十年前小者一圆，大者约二圆。漆花的圆盒子，盒子里有一个大盘子，盘子上一圈扇形的十个八个木头墩儿，中间一个小圆墩儿。每一扇形木墩儿摆一种切成细丝的熟菜。

熟菜的种类有很多，通常吃一次薄饼之后，满桌都是盘盘碟碟，虽然吃的时候很开心，但等到要收拾残局的时候，就该头痛了。那么多盘子，要怎么洗？

和梁实秋相比，我家在吃薄饼的时候，就要简单太多了。因为家人都比较喜欢吃土豆丝，所以每次在吃薄饼的时候，只需一盘土豆丝。有时妈妈心情好了，还会为我们做上一碗紫菜蛋花汤。在泛着绿光的紫菜上方，飘着一些蛋花，黄绿的色彩搭配，惹人喜欢。喝一口紫菜蛋花汤，吃一口柔软中又透着土豆丝酥脆的薄饼，再美的生活，也不过如此了！

此时，若是再能来一些老北京的酱菜，无论是小黄瓜还是腌茄子，那都能让人感到欢喜。

梁实秋也非常喜欢老北京的酱菜，在众多酱菜品种中，他最喜欢的是甜酱萝卜。

在做这道酱菜的时候，萝卜一定要选择细长的白萝卜。洗净之后，将萝卜两端的部分切掉，然后再将外皮去掉，将萝卜切成比手指略粗一些的条状。在萝卜块中放入盐，腌30分钟左右，等到萝卜出水之后，将水倒掉，然后攥干。这样的脱水萝卜吃起来才更有嚼劲，也更酥脆可口。之后向萝卜中加入甜面酱、料酒、酱油等调味料，加盖密封之后，冷藏几天，就可以吃了。

腌制好的萝卜，清甜、酥脆，如果萝卜上面沾了太多甜面酱，不利于食用，可以在吃之前将其放入水中清洗一下，之后就可以配着白粥等一起食用了。

梁实秋最喜欢的酱菜，不是来自老北京最著名的六必居，而是在他家附近的金鱼胡同市场对面的天义顺，在他看来，那里的甜酱萝卜货色新鲜，吃起来清脆可口。

美食的好坏，和店铺的名气并没有完全对等的关系，没有人规定，小店铺不能做出美食。往往一些真正的美食，是需要我们带着发现的目光去寻找的。所以，想要做一名合格的吃货，就应该善于发现美食，并与大家一同分享。

善吃！善评！——王世襄的饮食绝学

【1】

王世襄，一位被称为“京城第一玩家”的人物，他能玩、会玩，他在玩的时候，还会研究，他将市井中的“雕虫小技”玩到了“大雅之堂”，他玩出了文化。他被称为当代著名的文物收藏家和鉴赏家，他的兴趣十分广泛，不仅喜欢古诗词，还喜欢绘画、音乐，可以说，他的爱好遍及了各个领域。而这其中，自然也有饮食界。

王世襄是一个喜欢吃，会吃，会做菜，同时又会点评的人物。在改革开放初期，北京曾举办过一次全国一级厨师大赛，而当时的三名评审中，就有王世襄。据说他曾在一天之内，品尝并评判了各种流派的八十多道菜肴。

这样的数字是惊人的。要知道，能够品尝、评价的人，首先要对各种流派的美食情况有非常清楚的认识，其次还能指出每道菜品的优缺点，这就要求品评者对美食一道有相当高的造诣了。

而王世襄能做到这两点，就足以证明他在美食上的能力。

王世襄生于官宦世家，祖上均在清政府担任要职，从小生活优越、衣食无忧的王世襄，在家族浓郁的文化背景影响下成长，自然对文化学识有着不同于常人的见解。王家人对他的教育比较开放，“君子远庖厨”在他的身上并没有体现，所以他可以自由出入家中的厨房。而家中的厨师，大都是当时的名师，在这些人的指导下，王世襄很小就学会做一些简单的菜品。

王世襄的祖籍是福建人，虽然他出生于北京，但是家中的饮食一直都带着福建的特色，而在家人饮食文化的影响下，王世襄的口味也一直以闽菜为主。

在王世襄小的时候，家中每次举办家宴或是父亲宴请朋友的时候，总会邀请一位名为陈一泗的大厨到家中来烹饪福建菜。这位大厨的手艺很好，直到后来，王世襄也一直对这位陈大厨的厨艺赞不绝口。

而这位大厨的烹饪手法，对王世襄的影响也很大。陈大师所烹饪的菜品都是地道的福建菜，而且都是最为传统、最为正宗的，也就是说，在他的菜品中会大量地使用糟，而王世襄，就是在这时候学会了糟的用法。所以说，后来王世襄的拿手好菜，糟溜鱼片、糟煨茭白、糟煨冬笋等菜品，在一定程度上，都是在陈一泗大师的影响下开创出来的。

福建菜中的一大特色便是糟，而福建人的糟多指红糟。福建菜系认为，糟香是特别的，和酒香不同，用糟做出来的菜品，不是一般的加酒之后烹调出来的菜品可以相比的。因为糟香具有浓厚的地方特色，所以很多福建人都将糟香视为思念故乡的一种寄托，在福建更是流传着“糟香思故乡”这句俗语。

王世襄对糟特别钟爱，而他最拿手的菜就是糟溜鱼片。这道菜品，他身边的朋友几乎都吃过。制作糟溜鱼片的过程十分讲究，除了要将鱼剔骨，将鱼肉斜刀切成片之外，还得将鱼肉放在清水中浸泡一段时间，让鱼肉变得更加鲜嫩柔软。

除了鱼肉的处理上需要注意之外，糟香汁也很重要。

王世襄的儿子王敦煌曾在自己的著作《吃主儿》中详细介绍过糟香的具体做法。首先将在孔乙己酒家买来的香糟倒在高桩碗中，不需要太多，只一半即可，然后往碗中加入热水，并将碗中的香糟碾压成酱状，之后向碗中倒入陈年的绍兴酒，再加入少许盐，反复用勺子搅拌。最后，将碗口密封，大概十二个小时之后，打开碗口，用白纱布过滤，出来的汁液就是香糟汁。

有了这样独特制法的香糟汁，想要烹饪出糟溜鱼片、糟溜茭白、糟溜冬笋等美味佳肴，就再不是什么难题了。

王世襄会做的菜还有很多，除了糟系菜品之外，还有雪菜烧黄鱼、海米烧大葱、火腿菜心、炖牛舌和锅塌豆腐等。

说起这道锅塌豆腐，是在一次偶然的机会下，王世襄从一家小餐馆中学来的做法，而他又在此基础上稍加改进之后的菜品。

某日，王世襄出去玩时，路过一家餐馆，看着店面不大，却有很多人在外面排队等候。他心中好奇，便忍不住停下了脚步，也等了好久，才终于有机会走进去，品尝到了锅塌豆腐这道美食。

锅塌豆腐的具体做法是，先用黄酒将虾子浸泡一下，然后向其中加入白糖、酱油和精盐，如果有高汤，就向其中加入一两勺，效果会更好。准备半斤南豆腐，切成长宽三厘米的薄片，放入碗内，取三枚鸡蛋打开之后，加入盛有豆腐的碗中，再向其中加入少许煸熟的葱花，搅拌均匀。在平底锅内放入素油，锅烧热之后，将搅拌好的豆腐和鸡蛋一起放入锅中，摊成圆饼，将两面都煎至金黄色，然后将泡有虾子的调味料全部倒在饼上，用筷子在饼上面戳几个小洞，使调味料能够尽快深入饼中，之后便可以起锅了。

王世襄在做菜方面，从不刻意讲究什么流派问题，他只随心做菜，喜欢怎么做就怎么做，喜欢做什么就做什么。他认为做菜应该以味佳为上，虽然中国菜讲究色、香、味、形等，但最重要的还是味道。如果一道菜外形再美好，颜色再鲜艳，味道不好，那也是败笔。

【2】

王世襄经常和朋友们聚餐，每次聚会的人数大概在十人左右，这些人轮流做东，每次做东的人主勺，因为他们聚会的时间总是在周三，所以又叫“拜三会”。

在这些参加拜三会的人员中，王世襄的厨艺是最好的。所以每次轮到他主厨的时候，大家都会十分欢喜。做菜对于王世襄来说，似乎是手到擒来的事情，只见他动动手指，转转手腕，一盘又一盘精美的菜品就相继出锅，端上桌了。

王世襄也喜欢在众位朋友面前露一手，他知道面前的这些人，都是会吃、懂吃的行家，有他们给自己点评，也能让自己的厨艺更上一层楼。而且，他自己作为一名美食家，也喜欢和别人一起探讨美食。

众位朋友一直知道王世襄的手艺好，而且也知道他擅长用简单的食材，烹制出美味的食物，但是他们从没有想到，王世襄竟然能够只用一把大葱，不加任何配菜，就做出一道味道非常鲜美的焖大葱。而且，菜才刚上桌，就瞬间被朋友们风卷残云般一扫而空。

其实这道焖大葱和王世襄会做的另一道海米烧大葱比较相似。海米烧大葱的具体做法是将海米洗净，泡入黄酒中，再向其中加入白糖、酱油；大葱只留葱白部分，剥去外皮之后，切成段备用；锅中放入油，将葱段炸透，炸好之后码盘；将泡有海米的调料倒入锅中，烧至收汤之后出锅，将其浇到码有葱段的盘子中。

王世襄除了有一双能够化腐朽为神奇的妙手之外，他还有一颗和张大千一样，对采鲜蘑菇的执着之心。

王世襄在读大学的时候，经常会骑着自行车到香山去游玩，那时候他认识了一位采蘑菇的高手，这个人曾告诉他，香山的蘑菇有大小两种，大而色浅的叫白丁香，小而色深的叫紫丁香。这位采蘑菇高人还告诉王世襄关于采蘑菇的路径和一些窍门。

后来王世襄只要一闲下来，就会到山上去采蘑菇。在王敦煌的《吃主儿》中，还曾提到，王世襄骑着自行车，特意去了永定河小学的传达室，找到以前经常给菜市场送新鲜野生蘑菇的张老汉，并向其询问采蘑菇的路线和地点。而在知道了具体地点之后的那个周末，他就带着家人，一起去山上采蘑菇了。

这一点和身处敦煌的张大千非常像，那段时间，他不是也每天都按照固定路线、固定时间，去采蘑菇来烹饪美食吗?

王世襄对蘑菇有着自己独到的见解，他说，有一种名叫柳蘑的蘑菇，“蕈色土褐，蓄聚而生，有大有小。烹饪时宜加黄酒，去土腥味。烩、炒皆可，而烩胜于炒，用鸡丝加嫩豌豆来烩，是一味佳肴”。从这段总结的话中，我们不难看出，王世襄定然是一位喜欢做菜、善于做菜、善吃、善评之人。

关于蘑菇，我了解得并不多，但这完全不影响我喜欢吃各种各样的蘑菇。无论是香菇、平菇、杏鲍菇还是金针菇，只要味道不错，就都能既入了我的眼，又入了我的胃。不过我不会烹饪蘑菇，之前做了几次香菇，都以失败而告终，害得食材失了鲜味，做出来的菜也难吃得要死。

之后，便再也不敢用家里的蘑菇做实验了。但不会做与蘑菇相关的美食，未免令人心生遗憾。如果是王世襄，他一定不会让自己有这样的遗憾。什么菜品不会做，他会一遍又一遍尝试，失败了就再来，在做菜上想要有所突破，就一定要有一颗持之以恒之心。

关于这点，从王世襄喜欢自己亲自到菜市场买菜，也能窥见一二。如果他不是经历过一次次的尝试，又怎么能知道哪家的食材最为新鲜，哪家的食材烹饪之后味道最好？又怎么能知道，哪种食材该在何时下锅，该如何处理才能在最大程度上保留食材的本味呢?

没有人能够随随便便成功，也没有什么事情，是可以通过轻轻松松的方式，就能得到解决的。王世襄用自己的双手创造出一道又一道精美的菜品；同时，他也用自己的时间和精力，历经一次次的失败之后，才终于将一道道味美色鲜的菜品，呈现在大众面前。

这样的精神是值得我们尊敬的，而这才是王世襄背后所真正隐藏的饮食绝学。

后记　与美食的缘分

二十岁以前，虽然喜欢吃，但我从不敢以“吃货”二字自居。因为在我心里，吃货是比较特别的存在。他们不仅喜欢吃，而且会吃、懂吃。他们明白什么样的吃法才能让一道美食变成1+1>2的奇妙组合。

而那个时候的我，刚刚脱离了初中、高中的食堂大锅饭，真正步入能够吃到各种美食的岁月。只不过，我对于何为真正的美食，还不是很了解，仍然处于在黑暗中摸索前进的阶段。

大学时，仿佛是为了证明自己已经是成年人，可以自由地支配自己的人生、自己的时间，每到放假的时候，我便迫不及待地拉着宿舍的姐妹到外地去旅游。

那几年时间，我走了很多地方，近一点的是学校周边的城市，而最远则到了俄罗斯。每到一个地方，我都会有意无意地寻找当地美食。

我喜欢吃川菜里的干煸芸豆，喜欢吃鲁菜里的糖醋里脊，喜欢吃苏菜里的荷叶粉蒸肉，喜欢吃湘菜里的口味虾……看着面前那一道道精致的美食，除了一边擦着口水之外，更多的是心里的满足与欢喜。

原来，在不知不觉中，我也已经跻身真正的“吃货”行列。

在我以前的认知里，食物就是用来填饱肚子或者解馋的，那时的我从没有想过，美食竟然还能令人心情愉快，甚至让两个原本不熟悉的人，只因一道美食，瞬间成为相见恨晚的知己。

美食，它拉近了人与人之间的距离。

和X相遇在济南，可以说，那次相遇是比较尴尬的。

那一次出游，我没有拉着宿舍姐妹，而是一个人踏上了旅程。第一次到济南，对这里的一切都感到无比陌生，有些路痴的我，分不清东南西北，甚至笨得看不懂导航地图，折腾了好半天，才终于找到了著名的芙蓉街。

走在人来人往的拥挤小巷里，我一边品尝着街边的美食，一边心情愉悦地戴着耳机听音乐。这时隐约听到“章鱼小丸子”的叫卖声，我心里一阵激动，没想到，我的突然转身，让我和X撞在了一起。

两个女孩子，都是独身一人，手中都拿着吃了一半的蒙古大肉串，嘴巴里也都明显塞着还没有嚼完的烤肉，彼此大眼瞪小眼，差一点来了一个亲密的KISS。我们两个奇怪的举动，瞬间引来周围人的围观，那一瞬间我的大脑是空白的，甚至不知道该如何反应。好在X反应比较快，瞬间后退一步，她看了看围观的众人，只问了我一句，“一个人吗？”

当时，我的大脑还没反应过来，但身体却先做出了反应，点了点头，下一秒，就被X拉着手挤出了人群。不知道走了多久，我们终于在一处相对人少的地方停了下来。

我以为她会说些什么，但她只是站在那里，将手中的大肉串吃个干净。看着她那样认真地吃东西，我也被感染了，然后，我也选择了安静，和她一样，静静地将手中的肉串吃掉。

“我叫X。”她说，“既然你也是一个人，你也喜欢吃大肉串和章鱼小丸子，我们就搭个伴吧。我也是大学生，一个人出来玩。”她对我自我介绍。

对于她这样干脆的决定，我有些惊讶，但我并没有反对，相反，我的心里还觉得暖暖的。从没有想过，我这一次的旅程，还能找到一个玩伴，就因为一份章鱼小丸子。

缘分就是这样奇妙，在你不经意间，也许就来到了你的身边。而往往很多时候，身边的美食，就是将缘分带到你身边的媒介。因为喜好相同，所以人与人之间才有了更多的连接，因为喜好相同，才有了更多的共同点。

就像我和X。

如今已经几年时间过去了，我们依然还保持着密切的联系。

因为美食，让我们相遇；因为美食，我们有了共同话题；因为美食，我们成了好朋友。

缘分，就是这样的奇妙。